新書漢文大系 40

易経

今井宇三郎◉著／辛賢◉編

明治書院

目　次

易経

解説

『易経』の構成

易経は、易・周易とも呼ばれる。

古くは単に易と呼ばれるだけで、民間の占いに用いられていた書物であったが、戦国末以降、儒家の思想家たちに取り入れられることになり、そこで、孔子が理想とした周王朝の名を冠して周易と称されるようになった。そしてさらに、儒教の経典として尊ばれるようになり、易経と称せられることになった。

易経の構成は、経《けい》と伝《でん》とに分かれる。経は易経の本文であり、上下の二経に分かれる。上経三十卦《か》（1乾・2坤～29坎・30離）と、下経三十四卦（31咸・32恒～63既済・64未済）で、合計六十四卦が収められている。卦ごとに占いの判断のことばである卦辞と爻辞が綴られている。

伝は、経を解説し敷衍したもので、彖伝《たんでん》（上下二篇）・象伝《しょうでん》（上下二篇）・繫辞伝《けいじでん》（上下二篇）・文言伝《ぶんげんでん》・説卦伝《せっかでん》・序卦伝《じょかでん》・雑卦伝《ざつかでん》の七種十篇からなる。経を補佐し翼《たす》けるものと位置付けられ、十翼《じゅうよく》と呼ばれた。古い易の形は、本文の六十四卦（卦画・卦名・卦辞・爻辞）だけのものであったが、十翼の成立は、戦国末から漢代にかけての儒教的政治・倫理・哲学によって、易が経典としての思想的内容を定立したということであった。以後易経は、漢代から清代に至るまでの二千年の間、五経の首位を占める権威をたもちつづけることになる。本書は易経経文の六十四卦だけを取りあげるものであり、十翼は扱わない。そこで参考のために十翼の概略を紹介しておきたいと思う。

彖伝は卦辞（彖辞）を解説したもの。六十四卦各々に彖伝があり、卦名と卦辞とを関連づけながら卦の全体の意義を解説している。象伝は大象伝と小象伝とに分かれる。大象伝は卦を三画ずつ上下二体に分け、八卦（三画）の象をもとに卦全体の構成とその倫理・政治的意義を説く。一方、小象伝は爻辞を解釈したものである。卦の六爻における剛柔の位置関係（応・比・乗・承・中・正）を説き、六爻それぞれの形勢・シチュエーションを説明する。繫辞伝は易経全体を見渡し、占筮と義理の両方面から、儒教化された易的な、高度に倫理的政治的、そして哲学的な解釈を広く論ずる。文言伝は、六十四卦のうちでとりわけ最も重要な乾坤二卦を詳述している。説卦伝は、前半は易を総論的にまとめ、繫辞伝に似る。後半は八卦の象を集めてそれらを解釈する。序卦伝は、六十四卦の配列順序の思想的意義を述べる。雑卦伝は、六十四卦を二卦一組ずつまとめ、「乾は剛、坤は柔。比は楽、師は憂」というように相反する意義を説きつつ易経解釈の柔軟性を担保する。

八卦と六十四卦――卦は生きもの

易の六十四卦は八卦《はっか》（あるいは八卦《はっけ》）を基礎としてできている。そして八卦は⚊と⚋との二種の符号（爻）を組み合わせて成り立つ。奇数画の⚊を陽爻《ようこう》（または剛爻《ごうこう》）といい、偶数画の⚋を陰爻《いんこう》

（または柔爻《じゅうこう》）という。爻とは、倣《なら》う・交わるの意である。陰陽二気が対立しつつも往来循環する天地自然の道に倣ったものであり、易経では、これらの陰陽二爻を、剛柔・昼夜・寒暖・大小・表裏・男女・君臣のような相対立する事象に当てはめて諸々の解釈をおこなう。

八卦は陽爻⚊と陰爻⚋とを三画（3桁）に組み上げてできている。陽爻⚊と陰爻⚋とを一つずつ用いて三画で組み合わせると、乾《けん》☰兌《だ》☱離《り》☲震《しん》☳巽《そん》☴坎《かん》☵艮《ごん》☶坤《こん》☷の八通りが得られる。これが八卦《はっか》である。そして八卦を二つ一組にして交互に組み合わせると、八の自乗の六十四卦ができあがる。六十四卦は一卦六爻で成り立つが、その卦爻ごとに占いの判断のことば、つまり卦辞《かじ》・爻辞《こうじ》が綴られている。ちなみに三画の八卦は小成卦と呼び、六画の八卦は大成卦または成卦と呼ぶ。

以上が、易経における占いと判断の基本体系および方法である。

さて八卦の形成に関しては繋辞伝によると、上古の聖人伏羲《ふっき》（伝説上の帝王）が天地万物のありさまを観察して八卦を始めて作り、のちに周の文王（あるいは神農・夏禹など諸説あり）がさらに八卦を重ねて六十四卦を作ったと伝えられる。南宋の朱熹は、「彼（伏羲）には本来、八卦を作る意図などなかった。だが彼はおのずと自然の道理がわかった。そこで、自然の道理の方が彼の手を借りて卦として現れたのだ。だから占筮すれば必ず（自然の道理が）応ずるのだ」（『朱子語類』）と述べているが、これはすなわち八卦は一切の作為の加わらない、自然がおのずから作り出した生命《いのち》のごときものであり、八卦のなかには天地万物の道理がまさに息づいていると考えたものであった。

坤 ☷ 地	艮 ☶ 山	坎 ☵ 水	巽 ☴ 風	震 ☳ 雷	離 ☲ 火	兌 ☱ 沢	乾 ☰ 天	上 / 下
䷊ 地天泰	䷙ 山天大畜	䷄ 水天需	䷈ 風天小畜	䷡ 雷天大壮	䷍ 火天大有	䷪ 沢天夬	䷀ 乾為天	乾 ☰ 天
䷒ 地沢臨	䷨ 山沢損	䷻ 水沢節	䷼ 風沢中孚	䷵ 雷沢帰妹	䷥ 火沢睽	䷹ 兌為沢	䷉ 天沢履	兌 ☱ 沢
䷣ 地火明夷	䷕ 山火賁	䷾ 水火既済	䷤ 風火家人	䷶ 雷火豊	䷝ 離為火	䷰ 沢火革	䷌ 天火同人	離 ☲ 火
䷗ 地雷復	䷚ 山雷頤	䷂ 水雷屯	䷩ 風雷益	䷲ 震為雷	䷔ 火雷噬嗑	䷐ 沢雷随	䷘ 天雷无妄	震 ☳ 雷
䷭ 地風升	䷑ 山風蠱	䷯ 水風井	䷸ 巽為風	䷟ 雷風恒	䷱ 火風鼎	䷛ 沢風大過	䷫ 天風姤	巽 ☴ 風
䷆ 地水師	䷃ 山水蒙	䷜ 坎為水	䷺ 風水渙	䷧ 雷水解	䷿ 火水未済	䷮ 沢水困	䷅ 天水訟	坎 ☵ 水
䷎ 地山謙	䷳ 艮為山	䷦ 水山蹇	䷴ 風山漸	䷽ 雷山小過	䷷ 火山旅	䷞ 沢山咸	䷠ 天山遯	艮 ☶ 山
䷁ 坤為地	䷖ 山地剥	䷇ 水地比	䷓ 風地観	䷏ 雷地豫	䷢ 火地晋	䷬ 沢地萃	䷋ 天地否	坤 ☷ 地

六十四卦の仕組み

象――自然のメッセージ

繋辞伝に「易《えき》とは象《しょう》なり。象《しょう》なるものは像《かたど》るなり」と定義されている「象」は、易を理解するうえで欠かせない、重要概念である。「象」はかたち・かたどる・なぞらえる・象徴・想像するの意である。象の字は『説文解字』に、「鼻、牙長し。南越《なんえつ》の大獣。三年一乳す（三年に一度子を産む）。（象の字は）耳牙四足の形に象《かたど》る」とあるように、動物の象の象形文字に由来する。さらに『韓非子』解老篇に「人、生象《せいぞう》を見ること希《まれ》なり。死象《しぞう》の骨を得、其の図を案じて以て其の生《せい》を想《おも》う。故に諸人の意想《いそう》する所以の者、皆之を象《しょう》と謂うなり」とある。象を目にしたことのない人が死象の骨から生象の姿形を想像するように、卦象は八卦の形から浮かび上がる象《イメージ》を示し、また卦としてあらわされる意味を指示する。それはつまり、天地自然から占者へ伝送されるメッセージにほかならないのである。

繋辞伝に「八卦列して、象その中に在り」（繋辞下伝）とある。伏羲を通じて完成し並び立った八卦は、そのなかに天地万物の道理をいろいろな象《かたち》でもって息づかせている。たとえば占いの結果、乾卦が出たとしよう。すると占者の目の前には、乾卦の形を通じての天や父や馬などの映像がおのずと広がる。そしてそれが占問に対するメッセージとなって伝送されてくる意味となっている。占者がそうして、卦を通じて承授した数々のイメージ（象）が集められているのが説卦伝であるが、その象は、自然現象から人事・人体・動物・方位など、計百三十七もの多岐にわたる。なお象には、

乾	坤	震	巽	坎	離	艮	兌
天	地	雷	風	水	火	山	沢
父	母	長男	長女	中男	中女	少男	少女
馬	牛	龍	鶏	豕	雉	狗	羊
首	腹	足	股	耳	目	手	口
西北	西南	東	東南	北	南	東北	西
健	順	動	入	陥	麗	止	説

卦象と卦徳

乾は健、坤は順、震は動、巽は入などのように、卦の「属性」に関するものもあるが、これらは卦のはたらきを示すものとして卦象とは別に「卦徳」と呼ばれる。

こうしたたくさんの象のなかでも、とりわけ重視されるのは、自然現象をあらわす天・地・雷・風・水・火・山・沢の八つの象である。そしてこの八象の組み合わせで六十四卦全体についてのおおまかな意味が示されうる。たとえば、雷水屯䷂、水山蒙䷃、天水需䷄、水天訟䷅等々と称し、それによって卦義のある程度の方向性が示される。ただ上下が同じとなる八卦（大成）の場合、たとえば、乾䷀は、天天乾とは称さず乾為天、坤䷁は坤為地と称する。（「六十四卦の仕組み」を参照）

卦の読み方

（1）爻《こう》と位《くらい》

六十四卦は、小成の八卦（三画）を重ねることによって成り立ち、各六爻から成る。下の三画を下卦、または内卦といい、上の三画を上卦、または外卦という。六爻は陰陽によっての事物の一連の変化をあらわすものと捉えられ、その変化は卦の下方から上方に向かって示され、下から初・二・三・四・五・上と数える。

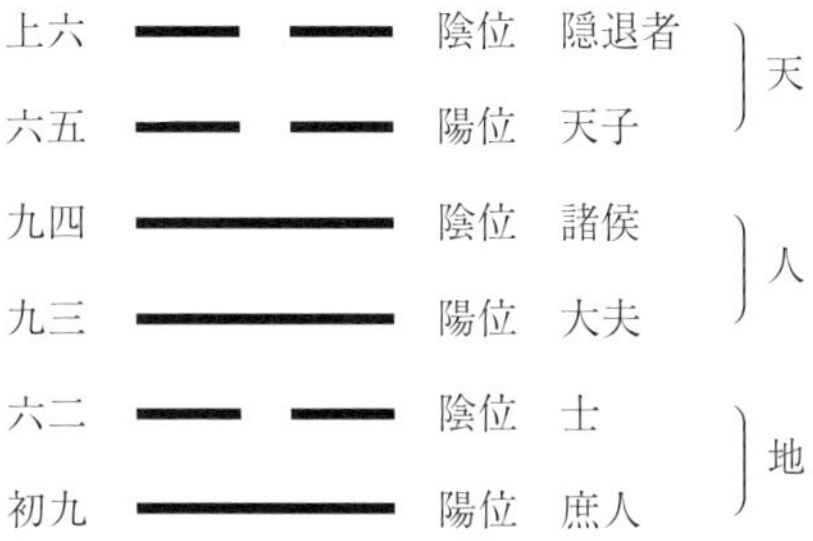

豊卦

これを位《くらい》（位置）という。さらに易では陽爻を九と表示し、陰爻を六と表示し、位と組み合わせて、初九《しょきゅう》・九二《きゅうじ》・九三《きゅうさん》・九四《きゅうし》・九五《きゅうご》・上九《しょうきゅう》、初六《しょりく》・六二《りくじ》・六三《りくさん》・六四《りくし》・六五《りくご》・上六《しょうりく》というふうに読む。たとえば豊卦の場合は、下から初九・六二・九三・九四・六五・上六と読む。さらに卦の六爻は、陽位と陰位とに分けられ、奇数位（初・三・五）を陽位とし、偶数位（二・四・上）を陰位とする。そしてさらに、その六位を天・地・人の三才に分ける。初と二を地、三と四を人、五と六を天に配当するのである（説卦伝）。また六位を人事面から見ると、身分階級をあらわすものと捉えられる。下から庶人・士・大夫・諸侯・天子・隠退者（無位の君主）である。現代の会社組織でいえば、平社員・係長・課長・部長・社長・会長といった職位であり、一家でいえば末子・三男・次男・長男・父・祖父である。

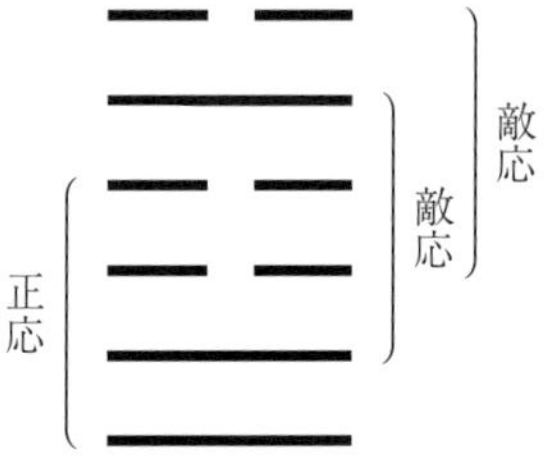

節卦

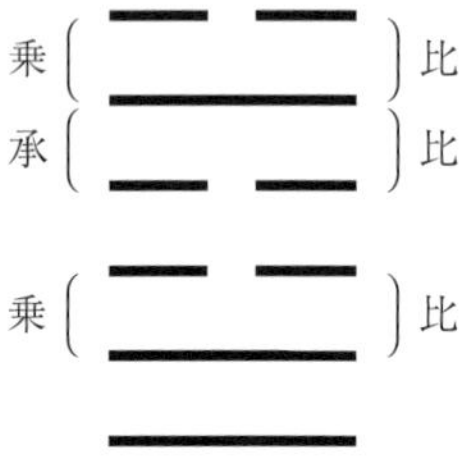

節卦

(2) 応《おう》・比《ひ》・承《しょう》・乗《じょう》

「応」は、一卦を上卦と下卦とに分け、初と四、二と五、三と上との対応関係から解釈を進める方法である。「応」には正応と敵応がある。正応は、相性よく助け合う関係を示し、対応する両者が陰爻と陽爻との異性の場合である。たとえば、節卦の初九と六四とは正応に当たる。一方、敵応は相反発するライバル関係を示し、対応する両者が陰爻同士、または陽爻同士である場合。同じく節卦でいえば、九二と九五と、また六三と上六とが敵応である。

「比」は、近しい・親しむの意である。比となる爻（比爻）は、対応する両者が隣り合っていて、陰と陽との異性の場合である。また節卦で説明すると、九二と六三、六四と九五、九五と上六とが比爻に当たるのである。

「承」と「乗」とは、比爻をさらに区分して、陰爻が陽爻の下にある場合を「承」、陽爻の上にある場合を「乗」として解釈する。

（3）中正《ちゅうせい》

「中」とは、卦を上下の二体に分け、それぞれの真ん中に当たる爻のことである。つまり下体の二と上体の五が、中爻にあたる。残りの初・三・四・上は中を得ていないので、「不中」と称する。また、「正」とは、陽爻が陽位（奇数位）におり、陰爻が陰位（偶数位）におれば、「正」（位が正しい）という。逆に陽爻が陰位におり、陰爻が陽位におれば、「不正」（位が正しくない）という。節卦でいえば、初九は下卦の中爻でないので「不中」、陽爻陽位であるので「正」である。九二は下卦の真ん中にあるので「中」、陽爻陰位であるので「不正」である。

さらに六三は不中・不正、六四は不中・正、九五は中・正、上六は不中・正ということになる。このようにして占断解釈をおこなう。

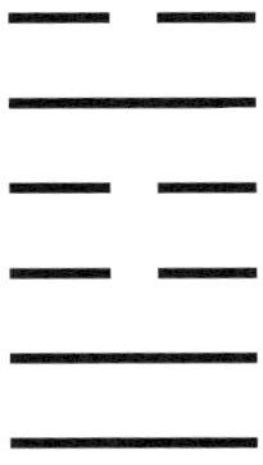

上六	不中・正
九五	中・正
六四	不中・正
六三	不中・不正
九二	中・不正
初九	不中・正

節卦

以上、本書『易経』を読むための基礎知識を簡単に紹介した。

易はメタファーの世界である。日常の言語では把握し得ない天地自然の道を隠喩・暗喩・象徴体系によって表しているため、しばしば読者は迷路に入ってしまう。それは易が難解と思われる理由でもあるが、くれぐれも豊かな想像力を広げて高く飛び立ち、易の世界を鳥瞰していただきたい。

(1) 乾《けん》 ☰☰ 乾上乾下（乾《けん》為《い》天《てん》）

本文

乾《けん》は、元《おお》いに亨《とお》る。貞《ただ》しきに利《よろ》し。
初九《しょきゅう》、潜龍《せんりゅう》なり。用《もち》うること勿《なか》れ。
九二《きゅうじ》、見龍《けんりゅう》、田《でん》に在《あ》り。大人《たいじん》を見《み》るに利《よろ》し。
九三《きゅうさん》、君子《くんし》、終日乾乾《しゅうじつけんけん》し、夕《ゆう》べまで惕若《てきじゃく》たり。厲《あやう》けれども咎无《とがな》し。
九四《きゅうし》、或《ある》いは躍《おど》らんとして淵《ふち》に在《あ》り。咎无《とがな》し。
九五《きゅうご》、飛龍《ひりゅう》、天《てん》に在《あ》り。大人《たいじん》を見《み》るに利《よろ》し。
上九《しょうきゅう》、亢龍《こうりゅう》なり。悔《く》い有《あ》り。
用九《ようきゅう》、羣龍《ぐんりゅう》を見《み》る。首《かしら》たること无《な》くして、吉《きつ》。

解釈　乾は純陽の卦、その形体は天、そのはたらきは健である。天の運行は至健で止むことのないのに象る。その占は、諸事望み通り進み、大いに亨通する。ただ万事においてよく貞正を固守するのがよろしい。

初九は最下の陽爻、陽気の地下に潜在することを示す。龍が乾の象であるから、初九は淵に潜《ひそ》み隠れている龍の象である。まだその才徳を施用すべき時ではないので、その占は施し用いることなかれとの戒辞である。

九二は進んで下体内卦の中に居る。初九の潜を出で隠を離れて、今や地上に姿を現した龍の象である。「大人」は大徳のある人、九二と九五に見えるが、ここには「在下」(九二)のそれで「在上」(九五)の大人に対する。一般(常人)にはこの「在下」の大人を見るによろしく、その徳ある者は「在上」の大人を見るによろしとする占である。

九三は更に上り内卦の上、外卦の下にあり、重剛不中で「三」の危地に居る。龍を象とする君子、終日、乾乾(健健)として努めて止まず、夜になってまで惕然として恐れ慎み反省する。かくして始めて危地にあっても災い咎めを免れることができるとの占である。

九四は内卦を離れて外卦の下、君位の近くに進み、進退のまだ定まらない多懼の地に居る。然るべき時に躍り上がれば、必ず天に昇るが、まだ今は躍り上がらず淵に潜む龍の象である。従って多懼の地に居るが、何の咎めもないとの占である。

九五は陽剛中正を以て君位に居り、乾の卦主である。そこで飛龍の天にあるの象を採る。この大人は「在上」のそれである。一般にはこの「在上」の大人を見るによろしく、その位にある者は「在下」(九二)の大人を見るによろしとの占である。

上九は陽剛の極、外卦の終りに居る。飛龍も高きに過ぎ、上りつめて下ることができない亢龍の象である。当然、悔いありの占である。

用九は陽爻の変じて陰爻に之くの道である。乾の諸陽爻を見るに、いずれも変じて陰爻となり、物の首《かしら》とはならない。よく柔順なる道であり、吉である。

背景　乾は卦《か》の名。「乾下乾上」は、「下を乾とし上を乾とす」と読み、下卦の三画・上卦の三画、いずれも乾卦であるの意。「乾為天」は、「乾を天と為す」と読み、乾卦は天を象徴することを示す。上下六爻がすべて陽爻の純陽の卦であり、坤卦（純陰卦）とあわせて六十四卦の代表格である。「乾」の字は、倝《かん》と乙《いつ》とから成る。「倝」は日が出て光のかがやくさま、「乙」は物ののびて達《とお》るさま（『説文』）。そこから「健」と解し（説卦伝）、力強く伸びやかに進むという剛健、壮健、勇健の義を表す。**卦辞**「元《おお》いに亨《とお》る。貞《ただ》しきに利《よろ》し」は、周の文王が繋《か》けた辞とされ、一卦の吉凶を占断した彖辞《たんじ》（卦辞）である。彖伝《たんでん》・文言伝《ぶんげんでん》はこれを「元《げん》・亨《こう》・利《り》・貞《てい》」の四徳と解し、諸家（王弼注・程伝）はしたがうところであるが、朱子は「元亨。利貞」の両占辞としている（『周易本義』）。**初九**「潜龍」は、潜み隠れている龍。初九（潜龍）→九二（見龍）→九五（飛龍）→上九（亢龍）と、龍の変化に比擬して進退の道を表している。**九二**「見龍」は潜み隠れていた潜龍が、地上に現れたもの。「田」は地上の意。「大人」は大徳のある人。「用うること勿れ」とは、事をなしてはよくない。九三「乾乾」とは、乾は健と同義。努めてやまない。「謙謙《けんけん》」（謙・初六）・「坎坎《かんかん》」（坎・六三）・「蹇蹇《けんけん》」（蹇・六二）・「夬夬《かいかい》」（夬・九三）・「井井《せいせい》」（井・彖伝）と同例がある。「惕若《てきじゃく》」とは恐れ慎むさま。「惕」はつつしむ（敬）、おそれる（恐、懼）。「厲」は危険。「咎」は災い。九四「或」は疑問の辞。疑いがあっていまだ定まらないの意。「躍」は空中におどる。「淵」は、ふち。上下が空洞で深く暗く測り知れない所、龍の安んずる場所。九五 陽爻をもって陽位に居り、外卦（四・五・六）の中を得て君位にある。乾卦の主爻である。聖徳と位を兼ね備えている聖人に擬せられる。「飛龍」は高く天に飛び上がった龍。龍が時を得て天に昇ることを表象し、剛健中正の徳を備えた人物がいよいよ天子の位に昇ることを表す。「飛」は龍の正なるもの。「天に在り」とは、初と二は地の位、三と四は人の位、五と六は天の位に当たる。九五は天の位に当たるので、「天に在り」という。上九 陰陽の爻位では陰位で無位の人に擬し、また「初」に対して「終」の義を含む。「上九」は剛爻陰位で、剛健中正の九五を過ぎ、上りつめた陽の極であり終わりである。「亢」は、「人の頸《くび》なり。頸脈の形に象る」（『説文』）と、頸動脈を指し、人体の高いところにある。「悔有り」は、易常用の戒辞。用九 六十四卦のうち、乾坤は純陽純陰で衆卦の父母に当たることから、乾坤の二卦だけに「用九」「用六」を説く。「用九」「用六」とは、いずれも「変」を用いるという意味。陽爻は「九」（老陽）と「七」（少陽）とあり、「九」（4×9＝36）は「変」であり、「七」（4×7＝28）は「不変」を意味する。一方、陰爻は「六」（老陰）と「八」（少陰）とあり、「六」（4×6＝24）は

「変」であり、「八」(4×8＝32)は「不変」である。易道は変化を占うため、「不変」の七・八を用いず、「変」の九・六を用いる。それゆえ、「用九」「用六」と表現している。雄々しげに群がる龍でありながら、先頭で突っ走ろうとせず、柔順かつ慎重な態度を忘れなければ、吉を招くという意。

(2) 坤《こん》 ䷁ 坤下坤上 (坤為地《こんいち》)

本文 坤《こん》は、元《おお》いに亨《とお》る。牝馬《ひんば》の貞《てい》に利《よろ》し。君子《くんし》往《ゆ》く攸有《ところあ》るに、先《さき》には迷《まよ》い、後《のち》には主《しゅ》の利《り》を得《う》。西南《せいなん》には朋《とも》を得《え》、東北《とうほく》には朋《とも》を喪《うしな》う。貞《てい》に安《やす》んずれば、吉《きつ》。

初六《しょりく》、霜《しも》を履《ふ》む。堅冰至《けんぴょういた》らん。

六二《りくじ》、直《ちょく》にして方《ほう》なり。大《だい》にして、習《なら》わざれども利《よろ》しからざる无《な》し。

六三《りくさん》、章《しょう》を含《ふく》む。貞《てい》にす可《べ》し。或《あ》るいは王事《おうじ》に従《したが》うも、成《な》すこと无《な》くして終《おわ》ること有《あ》り。

六四《りくし》、嚢《ふくろ》を括《くく》る。咎《とが》も无《な》く、誉《ほま》れも无《な》し。

六五《りくご》、黄裳《こうしょう》なり。元《おお》いに吉《きつ》。

上六《しょうりく》、龍《りゅう》、野《や》に戦《たたか》い、其《そ》の血《ち》玄黄《げんこう》なり。

用六《ようりく》、永貞《えいてい》に利《よろ》し。

解釈　「坤」は、上下の六爻皆陰の純陰で、柔順至極の卦、純陽の「乾」に配し、体を合して万物を始成する。よってその占は、諸事大いに亨通し望み通りになる。然し牝馬の如き柔順にして健行する貞正さを守るがよい。君子（占者）が進んで往くところがあるに当たっては、始めには道に迷うが、後には主（乾）のよろしきを得る。西南（坤方、陰位）に行くのは、陰を以て陰の方角に行くのでその同類が得られる。反対に東北（艮方、陽位）に行くのは、陰を以て陽の方角に行くのでその同類を失うことになる。然し陰を以て陽に行くのは、陰陽相配するの道であるから、終りには吉がある。万事、牝馬の貞正に従い、その道に安んじていれば、吉である。

初六は坤の初位で、一陰が初めて下に生じたことを示す。陰気が初めて凝集すると微霜を生じ、それをふみ重ねて次第に盛大になる。遂には必ず堅い氷が張るであろう。その「微」を慎むの意を寓する。

六二は柔爻陰位で下体の中に在り、柔順中正を以て下にある地道を示すもので、坤の卦主である。その徳は内には順直であり、外には方正である。従って甚だ広大であり、重ねて習うことなく自ずからにして然るものであり、すべてよろしきを得る。

六三は柔爻陽位で下体の上に在り、位は不正で当たらず、進退の定まらない危地に居る。そこで美徳を内に包み隠して外に表さず、専ら貞正を固守すべきである。そして然るべき時に及んでは、その美徳を発って王事に従事する。然しその折にも功は君に帰して自らは当たることなく、その分を守って終りをよくするものである。

六四は重陰不中で上下が相通ぜず、六五の尊位に近く恐れの多い位地に居る。そこで嚢の口を堅く結んで、その知慮を外に表さない象である。そのように謹密にして居れば、咎めもなく、また虚名を疑われることもない。

六五は柔順中正で五の尊位にあるが、坤道は臣道であるから、中順の徳を以て臣下としての道を尽くすにある。そこで六五の象は黄衣ではなくして黄裳である。黄裳の如く、中順の徳を内に充たして自然に外に現れるので、その占は大善の吉である。

上六は陰盛の極に在り陽と敵対するに至る。その象は、陰龍が野外（乾の分野）に於て戦い、敗れ傷ついて血を流す。その血は地色の黄に天色の玄（黒）を雑えた天地の雑色である。

用六とは、陰爻に「六（老）を用いて、八（少）を用いない」の義である。元来、「六」は陰柔で邪道に陥りやすいものであるから、この用六の道は長く久しく貞正を守ることがよいのである。

背景　坤は卦の名。古字巛に作る。卦辞「牝馬《ひんば》」は、雌《めす》の馬、牝は坤の徳の「順」を示し、馬は乾の徳の「健」に取る。その柔順にして健行（たゆまず行く）なるに取って牝馬を象とした。

「貞」は貞正。「主」は乾を指す。「西南・東北」は、西南は坤の方位であり、陰の方角。東北は艮の方位であり、陽の方角である。「朋《とも》」はたぐい・ともがら（類）。同類・朋類をいう。【初六】純陰坤卦の初位、陰が始めて下に生じて甚だ微であることを示す。「霜」は陰気が凝集して生ずるものであるが、その初めは微霜である。「履」は践む。「堅冰」は堅く凝結した氷、陰気が極盛となり凝結した象である。微霜の時において、必ず堅冰の至ることを予知して、その微を慎むべきことを寓したものである。【六二】陰柔中正をもって下体内卦の真ん中（「中」）にあり、地道の純を得ている。乾の九五が剛健中正をもって上にあり、天道の純を得ていることに対する。そこで、六二において、坤道の三徳（直・方・大）を統言している。「直」は順直、「方」は方正、「大」は広大の義。「習」は重ねて習うの意。六二は直・方・大の徳を備えているため、重ねて学習しなくとも、どちらにむかってもよろしくないことはないの意。【六三】「章《しょう》を含《ふく》む」とは、「章」は、文《あや》、美徳。内に美徳を包んで外に表さない意。「貞《てい》」は正しい道を全うする。「或《ある》いは王事《おうじ》に従《したが》う」とは、「或」は「時ありて」の意。王事（王命の事業）に従事すべき時には、進んでその事に当たるということ。「成《な》すこと無《な》くして」とは、功を成しては、その美を君に帰して功に当たることをなさずの意。「終《お》わること有《あ》り」とは、職分を守って仕事を全うするの意。【六四】六四は柔爻陰位で位は「正」であるが、「中」を得ていない。君位（六五）に近いので恐れ多き危地である。「嚢《ふくろ》を括《くく》る」とは、知識や才能を隠して用いないの意。深く自ら蔵して洩らさない象。【六五】「黄裳《こうしょう》」は、黄色い裳裾《もすそ》。腰から上に服するを衣（上衣）と言い、腰から下に服するを裳（ズボンやスカート）という。「裳」は謙遜にしてよく人に下ることを表している。**上六** 坤陰の極、陰盛んで陽に敵対するに至る。「龍」は、乾の象であるが、上六の盛陰はこれに似ているので、陰龍である。「野」は、広大の地、ここでは卦の外、乾の分野を指す。**用六** 「用六」とは、「六を用いる」の義。筮して陰数に「六」と「八」を得るが、「六」は「老」で変じ、「八」は「少」で変じない。易は変を占うので、「六」を用いて「八」を用いない。「坤」は純陰の卦として六十四卦のはじめにあるので、ここで「六を用いる」ことを説く。「永貞」は、永は長久、貞は貞正の意。六（陰爻）を用いるの道は、柔順・柔弱さのゆえ、物に従って移りやすく、邪道に陥りやすい。長く久しく貞正を守ることがよろしいの意。

（3）屯《ちゅん》 ䷂ 震下坎上（水雷屯《すいらいちゅん》）

本文 屯《ちゅん》は、元《おお》いに亨《とお》る、貞《ただ》しきに利《よろ》し。往《ゆ》く攸有《ところあ》るに用《もち》うる勿《なか》れ。侯《きみ》を建《た》つるに利《よろ》し。

初九《しょきゅう》、磐桓《ばんかん》す。貞《てい》に居《お》るに利《よろ》し。侯《きみ》を建《た》つるに利《よろ》し。

六二《りくじ》、屯如《ちゅんじょ》たり邅如《てんじょ》たり、乗馬班如《じょうばはんじょ》たり、寇《こう》に匪《あら》ず婚媾《こんこう》せんとす。女子《じょし》貞《てい》なり字《う》まず、十年《じゅうねん》にして乃《すなわ》ち字《う》む。

六三《りくさん》、鹿《しか》に即《つ》いて虞《ぐ》无《な》く、惟林中《ただりんちゅう》に入《い》る。君子《くんし》は幾《き》をみて舎《や》むには如《し》かず。往《ゆ》けば吝《りん》。

六四《りくし》、乗馬班如《じょうばはんじょ》たり、婚媾《こんこう》を求《もと》められて往《ゆ》く。吉《きつ》にして利《よろ》しからざる无《な》し。
九五《きゅうご》、其《そ》の膏《こう》を屯《なや》ます。小《しょう》には貞《てい》なれば吉《きつ》、大《だい》には貞《てい》なれども凶《きょう》。
上六《じょうりく》、乗馬班如《じょうばはんじょ》たり、泣血漣如《きゅうけつれんじょ》たり。

解釈　「屯」とは屯難である。その屯難に堪えて始めて、時に及んで、諸事大いに亨通するに至る。然しあくまでも貞正を固守するのがよい。坎険を前にして動かんとするので、事を急ぎ軽々しく前進しようとしてはならない。屯難の世であるから、諸侯を封建して（君を立てて）治めさせるのがよい。

初九は陽剛で位正しく上に正応がある。坎険を前にして震動するの主である。屯難の初めにあたり、進みなやむの象である。貞正を固守するがよい。（進むによろしからず）ただ草昧の時であるから、君を立てるのがよい。

六二は陰柔中正で上に正応があるが、初九の陽剛に乗じこれに婚媾を迫られている。然し正応に従う志を曲げないので、屯如として進みなやみ、邅如として行きつ戻りつするの象である。乗馬（正応九五）は班如としてばらばらで進まないが、それは寇《あだ》をするものではなく、来って婚媾せんとするものである。その象は、女子は貞正を固守して、決して子を生むようなことはしない。十年の久しきに至れば、初剛の迫ることも止み、正応に従うこともできて、やがて子を生むことになる。

六三は陰柔で不中不正、上に正応もなく下体震動の極にあるので、軽挙妄動するの象を取る。それは狩りに耽って、鹿を追い求めて虞人の先導もなく、妄りに山林に入るの象であり、当然、困窮する。君子たるものは、きざしを見て直ちに追い求めることを止めるものである。そうでないと必ず羞吝を招くことになる。

六四は陰柔で位正しく、九を承け下初九に正応があるが、陰柔の故に独りでは屯難を救えない。そこで、その乗馬は班如として進みなやむが、初九の正応から婚媾を求めるのを待ち、これに応じて往くのである。その占は諸事吉であり、よくないことは何もないのである。

九五は陽剛中正で尊位にあり屯難を救うべき主である。然し自らは険中に陥っているし、承・乗・応は皆陰柔でその才は弱く救うには足らない。そこで主君の膏沢も民には下らず、その膏沢をなやますの象である。小事には貞正を守れば吉をうるが、大事には、たとい貞正を守っていても凶の占である。

上六は陰柔で「屯」の終り坎陰の極に居る。また九五に乗じ下に正応もないので、不安な象を示している。それは乗馬が班如として進まない象であり、憂え恐れて声もなく泣き、漣如して涙の下るありさまである。

背景　「屯」は屯難《ちゅんなん》・伸び悩む。草木が地上に芽を出し、伸びなやむさま。**初九**「磐桓《ばんかん》」は進み難く躊躇するさま。[六二]「屯如《ちゅんじょ》」「邅如《てんじょ》」「班如《はんじょ》」は、進みにくいさま。「乗馬」は四頭立ての馬。[六三]「虞《ぐ》」は鳥獣を司る役人。狩猟には虞人が先導する。「幾」は機、機微《きざし》。[九五]艱難を救うべき主。しかし、周囲の六四（承）・上六（乗）・六二（応）は陰爻で力量がなく助けてくれない。「膏《こう》」は膏沢《こうたく》、恩恵。[上六]「泣血《きゅうけつ》」は、「泣」は声なく涙を流す、「血」は涙が尽きて血が流れる。「漣如《れんじょ》」は、涙の下るさま。

（4）蒙《もう》 ䷃ 坎下艮上（山水蒙《さんすいもう》）

[本文] 蒙《もう》は、亨《とお》る。我《われ》、童蒙《どうもう》に求《もと》むるに匪《あら》ず、童蒙来《どうもうきた》りて我《われ》に求《もと》む。初筮《しょぜい》は告《つ》ぐ。再三《さいさん》すれば瀆《けが》し、瀆《けが》せば則《すなわ》ち告《つ》げず。貞《ただ》しきに利《よろ》し。

初六《しょりく》、蒙《もう》を発《ひら》く、人《ひと》を刑《けい》するに用《もち》うるに利《よろ》し。用《もっ》て桎梏《しっこく》を説《と》き、以《もっ》て往《ゆ》けば、吝《りん》。

九二《きゅうじ》、蒙《もう》を包《か》ぬ、吉《きつ》。婦《ふ》を納《い》る、吉《きつ》。子《こ》、家《いえ》を克《よ》くす。

六三《りくさん》、女《じょ》を取《めと》るに用《もち》うる勿《なか》れ。金夫《きんぷ》を見《み》ては、躬《み》を有《たも》たず。利《よろ》しき攸无《ところな》し。

六四《りくし》、蒙《もう》に困《くる》しむ、吝《りん》。

六五《りくご》、童蒙《どうもう》なり、吉《きつ》。

上九《しょうきゅう》、蒙《もう》を撃《う》つ。寇《あだ》を為《たす》くるに利《よろ》しからず、寇《あだ》を禦《ふせ》ぐに利《よろ》し。

解釈　「蒙」は、まだ明るくない蒙昧の意で幼稚な童蒙に擬せられる。これを啓蒙すると、その蒙昧はよく亨通するのである。これを啓蒙するのは、我が方（九二）から童蒙（六五）に求めて行くのではなく、童蒙の方から来て我に求めるものである。占筮の場合にも、相手が誠心誠意をもって求めてくる初筮であれば、よく吉凶悔吝を告げる。そうではなく再三する占筮では、その神聖さを汚す。神聖さを汚せば、決して告げない。啓蒙するの道は貞正な態度を固守するのがよろしい。

初六は陰柔不正で「蒙」の初めに居り、九二を承け上に正応はないので、愚昧で昏蒙な者の象である。そこで「蒙」の初めに当たって啓蒙の道を説く。その昏蒙を啓発するには、予め人を刑罰する法律を明らかに示して、これを用いるのがよい。そうではなく、ただ昏蒙の桎梏を解き放ってやり、ほしいままに振舞わせるのでは、いたずらに羞吝を招くばかりである。

九二は剛中で内卦の主、上に六五の正応があり、時を得て衆陰を啓蒙するの主である。衆陰を兼ね包容して、これらを受け納れることができ、いずれも吉である。九二（臣）が六五（君）の命に応じて、よくその任務を果たすことができるように、子（九二）がよく一家を整え治めることができる。

六三は陰柔で不中不正であり、下卦の上にあって軽挙妄動する身持ちの悪い女の象を取る。このような女を娶ってはならぬ。金持ちの男（正応の上九）を見れば、女の方から求めて行くので身持ちが悪く、とてもその身が保てない。よいところは全くない。

六四は陰柔で承・乗・応も皆陰である。自ら啓蒙することはできず、また陽剛の援助もない。昏蒙に苦しむの象であり、羞吝を招く結果となる。

六五は柔中尊位、下の剛中九二に正応がある。よく柔中の徳を以て、剛明の才（九二）に任じ天下の蒙を発く。それは純一未発の童蒙の象であり、吉である。

上九は陽剛で不中不正、「蒙」の終り、その極に居る。啓蒙するには剛に過ぎ、群蒙を撃去するの象である。特に陰柔不正の寇（六三）を助けるのはよろしくない、これを防ぐのがよい。

背景　「蒙」は「王女なり」（『説文』）と、根無葛《ねなしかずら》という草の名。生い茂って物を覆うので、覆われて暗いの義。蒙昧・幼稚。**卦辞**　教師（我・九二）から求めて子供（童蒙・六五）に教えるのではなく、子供から求められて教えるべきことを説く。**初六**「桎梏《しっこく》」は、桎は足かせ、梏は手かせ。「説」は脱《はず》す。**九二**「蒙を包ぬ」とは、蒙昧の衆陰（初・三・四・五）を包容し啓発する。「婦を納る」とは、九二（子・臣）が正応の六五（婦・君）を受け入れること。**六四**　初・三・五は、皆陰爻。六四の蒙昧を啓発してくれる良師（陽剛）がいない。自分の愚かさに苦しむ象。**上九**「蒙を撃つ」

とは、童蒙（六二）を折檻する。啓発が行き過ぎる。「寇を為《たす》くるに利しからず」とは、「寇」は不良の童蒙（六三）。親しく助けてはならない。

（5）需《じゅ》 ☵☰ 乾下坎上（水天需《すいてんじゅ》）

本文

需《じゅ》は、孚《まこと》有《あ》りて、光《おお》いに亨《とお》り、貞《てい》にして吉《きつ》。大川《たいせん》を渉《わた》るに利《よろ》し。
初九《しょきゅう》、郊《こう》に需《ま》つ。恒《つね》を用《もち》うるに利《よろ》し、咎无《とがな》し。
九二《きゅうじ》、沙《すな》に需《ま》つ。小《すこ》しく言有《げんあ》れども、終《つい》には吉《きつ》。
九三《きゅうさん》、泥《どろ》に需《ま》つ。寇《あだ》の至《いた》るを致《いた》す。
六四《りくし》、血《ち》に需《ま》つ。穴《あな》より出《い》ず。
九五《きゅうご》、酒食《しゅし》に需《ま》つ。貞《てい》なれば吉《きつ》。
上六《しょうりく》、穴《あな》に入《い》る。速《まね》かざるの客三人《きゃくさんにん》の来《きた》る有《あ》り。之《これ》を敬《けい》すれば終《つい》には吉《きつ》。

解釈

「需」とは、待つの義である。九五は卦主で剛健中正の徳があり、孚信（まこと）が内に充実している。内に孚信があるので諸事大いに亨通し、貞正にして吉である。剛健の性を以て険陥を前にして、よく待って後に進むので、大川を渉るような危険を犯してもよろしい。

初九は「需」の初め、剛爻陽位で進まんとして、よく郊に待つの象である。「需」の常道を用いるによろしく、よく時を待つので何の咎もない。

九二は剛爻陰位であるが、剛健にして中に居る。漸く進んで坎水の険に近づくので、沙に待つの象である。多少の小言があることは免れないが、遂には吉をうる。

九三は剛爻陽位で、剛に過ぎまた中ではなく乾体の上に居る。九二の「沙」に比して更に坎水の険に近いので、泥地にありて待つの象である。よく待つことを心掛けないと、災害が外から来ることになる。

六四は柔爻陰位で位は正であるが、坎険の初めに居り順従にしてよく待つものである。そこで血に待つの象である。従って坎険の深みには陥ることなくよく待ち、遂には穴から脱出することができる。

九五は陽剛中正で尊位に居り、一卦の主である。酒食を用いて飲食し安んじ楽しんで時を待つので、よく「需」の道を尽くすことができる。ただよく貞正を守れば、吉である。

上六は陰柔で坎険の極に居り、よく待つこともせず、陥って穴に入るの象である。（下の三陽が自ら上進してくるので、）招かざるの客が三人が来る。陰柔を以て、よくこれを敬すれば遂には吉である。

背景　「需」は「須《ま》つなり」（『説文』）と、待つの義。初九「郊」は域外の地、坎険（上卦）に最も遠い所。九二「沙」は水辺。初九より坎水（上卦）の険に近い。「言」は小言・非難。九三「泥」は、水際の泥土の地。「沙」（九二）より坎水（上卦）に近い。六四「血《けつ》に需《ま》つ」とは、「血」（六四）は殺傷の地で坎険の浅いもの。「穴」（上六）は険難の所で坎険の深いもの。上六「客三人」は下卦乾の三陽。上六が招いたのではないが、九三（正応）が下の二陽とともに上り進んでくる。

(6) 訟《しょう》 ䷅ 坎下乾上 （天水訟《てんすいしょう》）

本文　訟《しょう》は、孚《まこと》有《あ》りて窒《ふさ》がる。惕《おそ》れて中《ちゅう》すれば吉《きつ》、終《お》うれば凶《きょう》。大人《たいじん》を見《み》るに利《よろ》し、大川《たいせん》を渉《わた》るに利《よろ》しからず。

初六《しょりく》、事《こと》とする所《ところ》を永《なが》くせず。小《すこ》しく言有《げんあ》れども、終《つい》には吉《きつ》。

九二《きゅうじ》、訟《しょう》を克《よく》せず、帰《かえ》りて逋《のが》る。其《そ》の邑人三百戸《ゆうじんさんびゃくこ》なるときは、眚《わざわい》无《な》し。

六三《りくさん》、旧徳《きゅうとく》に食《は》む。貞《てい》なれば、厲《あやう》けれども終《つい》には吉《きつ》。或《あ》るいは王事《おうじ》に従《したが》うも、成《な》すこと无《な》し。

九四《きゅうし》、訟《しょう》を克《よく》せず。復《かえ》りて命《めい》に即《つ》き、渝《か》えて貞《てい》に安《やす》んずるときは、吉《きつ》。

九五《きゅうご》、訟《しょう》、元《おお》いに吉《きつ》。

上九《しょうきゅう》、或《ある》いは之《これ》に鞶帯《はんたい》を錫《たま》う。終朝《しゅうちょう》に三《み》たび之《これ》を褫《うば》わる。

解釈　「訟」は、九二が成卦の主、九五が主卦の主である。九二は下体の中を得て、まことがあるが、二陰にはさまれ、また九五と応をなさないので、窒《ふさ》がれ妨げられて通じない。然し九二は剛中であるから、よく戒慎すれば中道を得ていて吉である。然し最後まで（上九）、争訟を遂げようとすれば凶である。中正の徳がある大人（九五）を見て、その争訟を裁断してもらうのがよい。剛健（乾）を以て陥険（坎）を履むの象であるから、危険を犯して大川を渡るが如きことはよろしくない。

初六は陰柔で「訟」の初め、最下にあり、争訟するものである。是非や利害を争弁して、長びかせるものではない。多少のもの言いは免れないが、遂には吉をうるに至る。

九二は陽剛不正で九五とは敵応であるが、下体の中に居り、坎険の主爻である。九五と争訟しても、勝ちめのないことを知り、その村に帰って退避する。その村人が三百戸ほどの小さい村であれば、災害はない。

六三は陰柔不正で柔弱であり、争訟を起こす力はなく、旧来の食禄に安んじ、その分を守る。貞正を守っておれば、危地にはあるが遂には吉である。王命の事に従事しても、決して成功しない。

九四は陽剛で不中不正であり、乾体の始めに居り、生来、争訟せんとする心がある。しかし争訟するにも相手はなく、九五に対しては勝ちめはない。そこで争訟を克《よ》くせずという。九四としての正理（命）に反り就いて、その争訟せんとする心を変え改めて、貞正に安んじて居れば、吉である。

九五は剛健中正で尊位に居り、「訟」の卦主で、争訟を治めるの主である。争訟を治めて中正であるから、訟事は大吉である。

上九は「訟」の終りに居り、陽剛を以て争訟を極め終えて勝をえるものである。たとい勝って命服の飾りを賜ることがあっても、一朝の間に、たちまち三たびも奪われるであろう。

背景　「訟」は、争う・訴訟。**初六**「事《こと》とする」とは、是非善悪、利害得失を争うこと。**九二**「邑人三百戸」は、下大夫《かたいふ》の領地で小さい村。三百戸ばかりの目立たないところで、慎ましい態度を持する。**六三**「旧徳」は、先祖伝来の食禄・俸禄。「厲」は危うい。九四・九二の二剛に挟まれて危うい。「王事」は王命による仕事。**九四**「渝」は変える。争訟しようとする心を改める。**上九**「或」は、たとい…あっても。「鞶帯《はんたい》」は革帯、天子に賜わる服の飾り。「終朝」は、一朝の短い間。

（7）師《し》 ䷆ 坎下 坤上 （地水師《ちすいし》）

本文

師《し》は、貞《てい》なり。丈人《じょうじん》なれば吉《きつ》にして、咎无《とがな》し。

初六《しょりく》、師《し》出《い》ずるに律《りつ》を以《もっ》てす。臧《よ》からざれば凶《きょう》。

九二《きゅうじ》、師中《しちゅう》に在《あ》りて吉《きつ》なれば、咎无《とがな》し。王三《おうみ》たび命《めい》を錫《たま》う。

六三《りくさん》、師《し》或《あ》るいは尸《かばね》を輿《の》す、凶《きょう》。

六四《りくし》、師《し》左次《さじ》す。咎无《とがな》し。

六五《りくご》、田《かり》して禽《えもの》有《あ》り、言《げん》を執《と》るに利《よろ》し。咎无《とがな》し。長子《ちょうし》、師《し》を帥《ひき》い、弟子《ていし》、尸《かばね》を輿《の》すは、貞《てい》なれども凶《きょう》。

上六《しょうりく》、大君《たいくん》、命《めい》有《あ》り、国《くに》を開《ひら》き家《いえ》を承《う》く。小人《しょうじん》は用《もち》うる勿《なか》れ。

解釈

「師」の道は貞正を旨とする。これを統率する丈人であれば、吉であり、何の咎もない。

初六は陰柔不正で「師」の初めにある。よってその初めに当たり、出師の道は常法を以てする。その常法である軍律を守らなければ、凶を招く。

九二は陽剛不正であるが六五に正応があり、剛中を以て衆陰の帰するところとなり、将帥の象がある。すでに剛中の徳があり、君（六五）に寵任されているので、師中（軍中）に在ってよくその任を果たし得て吉であれば、何の罪咎めもない。王（六五）は再三にわたって寵任の命を賜わるのである。

六三は九二の剛中に乗じ上に正応がなく、陰柔で不中不正である。才弱く志剛でその分にあらざることを犯すの象がある。よって行師すれば、大敗して屍を載せて帰ることとなり、凶である。

六四は陰柔不中であるが位の正を得ている。よって難きを知ってよく退くの象を取る。師を進めてよく退き止まるの象である。師を整え全うしてよく退くのは、戦功を挙げ得なくとも、敗北して退くには遥かに勝っている。そこで当然、禍咎はない。

六五は柔中で君位に居り、剛中の九二に正応があり、柔にしてよく剛を用いるものである。君位に居り師を用いるの主であるが、その道は師を興すと将を任ずるとにある。師を興すの道は、田猟すれば必ず獲物があるが如くにし、将を任ずるの道は、よく将（九二）の言を執り行うがよい。かくすれば師を用いるの道において咎はない。長子（九二）に師を率いさせ、屍を載せて帰るに至る弟子（六三）を雑え任ずるのは、師の事に任ずるに専一ではないので、その占はたとい貞正であっても凶である。

上六は「師」の終り坤順の極にあり、論功行賞の時である。大君（六五）が恩命を下し、功によって国を開いて諸侯とし、家を受けて卿大夫とする。よろしく君子を用いるべきで、小人は初めから用いてはならない。

背景 「師」は、衆・多数の人。「二千五百人を師となす」（『説文』）とあり、「穎《し》」（小さい丘）と「喊《そう》」（めぐる）との会意文字。小さい丘をめぐって集まった兵衆を意味する。**卦辞**「丈人《じょうじん》」は、厳荘尊重の人、長老。**初六**「臧」は善。「藏《よ》からず」は、軍律が乱れて守られないの意。**六三**「尸《かばね》を輿《の》す」とは、戦いに惨敗して帰ること。**六四**「左次《さじ》」とは、左は退く、次は止まる。進み難いことを知って退き止まること。**六五**「言を執る」とは、将師（九二）の言を執り行う。

（8）比《ひ》 ䷇ 坤下坎上（水地比《すいちひ》）

本文 比は、吉《きつ》。原《たず》ねて筮《ぜい》し、元永貞《げんえいてい》なれば、咎无《とがな》し。寧《やす》からざるも方《まさ》に来《きた》らんとす。後夫《こうふ》は凶《きょう》。

初六《しょりく》、孚有《まことあ》りて之《これ》に比《した》しめば、咎无《とがな》し。孚有《まことあ》りて缶《ほとぎ》に盈《み》つれば、終《つい》に来《きた》りて它有《たあ》り、吉《きつ》。

六二《りくじ》、之《これ》に比《した》しむこと内自《うちよ》りす。貞《てい》にして吉《きつ》。

六三《りくさん》、之《これ》に比《した》しむこと人《ひと》に匪《あら》ず。

六四《りくし》、外《そと》、之《これ》に比《した》しむ。貞《てい》にして吉《きつ》。

九五《きゅうご》、比《ひ》を顕《あき》らかにす。王用《おうもち》て三駆《さんく》して、前禽《ぜんきん》を失《うしな》う。邑人誡《ゆうじんいまし》めず、吉《きつ》。

上六《じょうりく》、之《これ》に比《した》しむに首无《かしらな》し。凶《きょう》。

解釈　「比」は一陽五陰の卦、その一陽が卦主九五で尊位にあり、五陰がこれを仰ぎ相親しみ相助けるの象を示している。そこで「比」は、「親しみ助ける」(親輔)の義で、その占は吉である。然し「比」の道をその初めによく推窮し再思してから筮決し、自ら元永貞の徳があることを確かめて、始めて咎なきをうる。上(九五)より親しむのに対して不安がっていた者(衆陰)も、皆来て相親しみ相助けようとする。後から来て親比しようとする者(上六)は凶である。

初六は「比」の初め、「比」の道は「まこと」(誠信)があることを根本とする。そこで初六は、誠信を以て「人」(応爻の六四)に親しむので、陰柔不正の身にも何の咎もない。その誠信が、相手の「ほとぎ」(六四)に満ちるまでになれば、遂には「他の人」(応爻でない九五)までが来て、相親しむことができる。その占は吉である。

六二は柔順中正で卦主九五に正応があり、中正の道を以て中正の九五に親しむ。自ら中正の徳を以て、内から外の中正の君に親しむので、貞正を得て吉である。

六三は陰柔で不中不正であり、その承・乗・応もまた皆陰柔である。従って六三の親しむ人は、皆親しむべき人ではない(必ず害があるので、その占は大凶である)。

六四は陰柔であるが位正しく、外にあって卦主九五の中正の君に親しむ。従って貞正を得て吉である。

九五は陽剛正中で「比」の卦主であり、衆陰に対して公平無私に親しむ。よって「比」の正道を明らかに示すのである。古の天子三駆の礼に鑑みて、前去する禽《えもの》は去るにまかせて取らない。領邑の民も戒め告げることなく、自ずから王者に従う。吉の道である。

上六は陰柔不中で坎険の極に居り、卦主九五に親しむにも独り後れて至るので、かしら（首）のない象である。言うまでもなく凶である。

[背景] 「比」は親しむ・輔《たす》ける。[卦辞]「元永貞」とは、元は善、永は長、貞は正固（固く守る）の義。九五を指す。「後夫《こうふ》」は、遅れて後に来る者（上九）。[六三]「人に匪《あら》ず」とは、親しむべき相手ではない。二（承）・四（乗）・六（応）は皆陰柔であるため、親しむべき相手ではない。[六四]「外」は外卦、「之」は九五。[九五]「比を顕《あき》らかにす」とは、比の道、親しむべき道（公平無私）を明らかにするの意。「三駆」は三面を囲み一面を開いて駆り立てること。「前禽《ぜんきん》」は逃げ去る禽獣。[上六] 六三とは敵応、九五に比《した》しむにも独り後れて至る。卦辞の「後夫」に当たる。

（9）小畜《しょうちく》 ䷈ 乾下巽上（風天小畜《ふうてんしょうちく》）

[本文] 小畜《しょうちく》は、亨《とお》る。密雲《みつうん》なれども雨《あめ》ふらず、我《わ》が西郊《せいこう》自《よ》りす。

初九《しょきゅう》、復《かえ》ること道《みち》自《よ》りす。何《なん》ぞ其《そ》れ咎《とが》あらん、吉《きつ》。

九二《きゅうじ》、牽《ひ》きて復《かえ》る。吉《きつ》。

九三《きゅうさん》、輿《くるま》、輻《ふく》を説《と》く。夫《ふ》妻反目《さいはんもく》す。

六四《りくし》、孚有《まことあ》り。血去《いたみさ》り惕出《おそれい》ず。咎《とが》无し。

九五《きゅうご》、孚有《まことあ》りて攣如《れんじょ》たり。富《と》みて其《そ》の鄰《となり》と以《とも》にす。

上九《しょうきゅう》、既《すで》に雨《あめ》ふり既《すで》に処《お》る。徳《とく》を尚《たっと》びて載《み》つ。婦貞《ふてい》なれども厲《あやう》し。月《つき》、望《ぼう》に幾《ちか》し。君子《くんし》征《ゆ》けば凶《きょう》。

解釈　小畜は小（陰）を以て大（陽）を止めるの意で、その止めることも極まれば遂には亨通する。陰気が欝結して密雲をなしているが、まだ雨ふるには至らず、何れも我が西郊の陰（六四）の方角より湧き起こっているからである。

初九は下卦乾の初め、正応の卦主六四に畜められているので、その道に復《かえ》り最下位に居る。何の咎があろうか。吉である。

九二は剛中で応がない。初九と引き連れて復り、下位に安んじ居るので、吉である。

九三は卦主六四に迫り、過剛不中で正応ではなく、ただ陰陽の情で畜《とど》められているだけである。これはあたかも、車で車輪の輻《や》が抜けているように進むこともできず、夫が妻と反目しているように退くこともできない。

六四は衆陽を畜めるの主、九五の君を承けて孚《まこと》を尽くすので、（九五の助けを得て）畜めることによる傷害も去り憂懼も除かれる。咎のないのは言うまでもない。

九五は剛中で君の位にある。六四と互いに孚《まこと》があり固く結んでいる。その富有であることもその隣の六四と共にするのである。

上九は小を以て大を畜める小畜の終極である。陰陽が相和して、すでに雨がふりすでに安んじ居るの象であるが、これは諸陽が陰（六四）の徳を尊び、積んで満ちたからである。然し、結局、陰が陽を制したことで、陰としては順当なことではない。そこで婦（六四）として、いかに貞正を守っていても危険である。それは月（陰）が満月に近い象である。このような時に、君子（陽・占者）が動くのは、凶である。

【背景】「畜」は止《とど》める。「小」はすこし・陰（「大」は陽）。一陰（六四）をもって五陽を畜《とど》める象。【卦辞】「密雲」は、陰（六四）の雲気が覆っているが、三陽（初・二・三）が和合せず、雨はふらない。「我」は文王、「西郊」は陰の方角。いずれも六四。【九三】「説」は脱、抜ける。「夫妻反目」は、六四（妻）が九三（夫）に乗じ、陰が陽を制しようとして反目する。【九五】「攣如《れんじょ》」は、牽き連れて相従うさま。「富」は九五の陽実。「以」は与《とも》に。隣の六四と共にする。

(10) 履《り》 ☰☱ 兌下乾上 (天沢履《てんたくり》)

本文　虎《とら》の尾《お》を履《ふ》む。人《ひと》を咥《か》まず、亨《とお》る。

初九《しょきゅう》、素《そ》して履《ふ》む。往《ゆ》けば咎无《とがな》し。

九二《きゅうじ》、道《みち》を履《ふ》むこと坦坦《たんたん》たり。幽人《ゆうじん》なれば貞《てい》にして吉《きつ》。

六三《りくさん》、眇《すがめ》にして能《よ》く視《み》るとし、跛《あしなえ》にして能《よ》く履《ふ》むとす。虎《とら》の尾《お》を履《ふ》む、人《ひと》を咥《か》む、凶《きょう》。武人《ぶじん》、大君《たいくん》に為《な》すあり。

九四《きゅうし》、虎《とら》の尾《お》を履《ふ》む。愬愬《さくさく》たり、終《つい》には吉《きつ》。

九五《きゅうご》、夬《さだ》めて履《ふ》む。貞《てい》なれども厲《あやう》し。

上九《しょうきゅう》、履《ふ》むを視《み》て祥《しょう》を考《かんが》う。其《そ》れ旋《めぐ》るときは元《おお》いに吉《きつ》。


解釈　履は一陰五陽の卦、一陰の六三が成卦の主である。六三が虎（乾の象）の尾（九四）を履《ふ》み危地にあるが、虎は人を噛まないという象で、その志はよく亨る占である。

初九は履の初め、陽爻陽位で最下に居る。その才をつつみ、卑下の地位に素して履《ふ》み往けば、何の咎もない。

九二は陽爻陰位で下卦の中を得ている。その履み往く道は坦々として平易である。幽静の人物であれば、独り貞正を守るので吉である。

六三は不中不正であるが、成卦の主で、その才は弱いが志は剛である。それは眇が自らはよく見ると思い、跛が自らはよく遠くまで履むと考えるようなものである。虎の尾（九四）を履み、人を噬むの象で、その占は凶である。武人（六三）が大君（九五）に尽くすことであればよい。

九四は陽爻陰位、九五に近づき懼れが多い。然し剛を以て柔を履むものである。それは虎の尾を履み、驚き恐れている象である。然し柔を履むが故に、終には吉である。

九五は剛健中正で君位に居る。その剛決に任せて履み行うので、その行いが貞正を得ていても、危険が伴うものである。

上九は陽爻陰位で履の終りに居る。始めから終りまでに履み行ったことを省みて、吉凶禍福のしるしを考え察する。めぐりかえって反省して、そのしるしが善であれば、大いに吉である。

【背景】「履」は践む・事を踏み行う。【卦辞】乾剛（上卦）は虎の象。上九は虎の首、九五は腹、九四は尾。兌（下卦）が虎の尾を踏む。兌は悦《よろこ》ぶ。乾剛に逆らわず、応ずるので、虎は人を咥《か》まず、柔の志は亨通する。【初九】「素《そ》して履《ふ》む」とは、素直に志に従って行動する。【九二】「坦坦《たんたん》」は心が平静で余裕がある。「幽人《ゆうじん》」は、世俗を離れて深山幽谷に隠棲する人。【六三】「眇《すがめ》」は、片目が不自由な人。【九四】「愬愬《さくさく》」は戒め恐れるさま。【上九】「旋」は巡る、反《か》える。めぐりかえって反省する。

(11) 泰《たい》 ☷☰ 乾下坤上 (地《ち》天泰《てんたい》)

本文　泰《たい》は、小往《しょうゆ》き大来《だいきた》る。吉《きつ》にして亨《とお》る。

初九《しょきゅう》、茅《ちがや》を抜《ぬ》くに茹《じょ》たり、其《そ》の彙《たぐい》と以《とも》にす。征《ゆ》けば吉《きつ》。

九二《きゅうじ》、荒《こう》を包《か》ね、馮河《ひょうか》を用《もち》い、遐《とお》きを遺《わす》れず、朋亡《ともうしな》うときは、中行《ちゅうこう》に尚《かな》うを得《う》。

九三《きゅうさん》、平《たい》らかなりとして陂《かたむ》かざるは无《な》く、往《ゆ》くとして復《かえ》らざるは无《な》し。艱《なや》みて貞《ただ》しければ咎无《とがな》し。恤《うれ》うること勿《なか》れ、其《そ》れ孚《まこと》あり。食《しょく》に于《おい》て福《さいわい》有《あ》り。

六四《りくし》、翩翩《へんぺん》として富《と》めりとせず、其《そ》の鄰《となり》と以《とも》にす。戒《いまし》めずして以《もっ》て孚《まこと》あり。

六五《りくご》、帝乙《ていいつ》、妹《いもうと》を帰《とつ》がしむ。以《もっ》て祉《さいわい》ありて元《おお》いに吉《きつ》。

上六《しょうりく》、城《しろ》、隍《ほり》に復《かえ》る。師《し》を用《もち》うること勿《なか》れ。邑自《ゆうよ》り命《めい》を告《つ》ぐ。貞《てい》なれども吝《りん》あり。

解釈　泰は乾下坤上、三陰三陽の卦であり、小（陰）が外卦に往き、大（陽）が内卦に来り、陰陽交通することを示す。泰の道は陽（君子）を主とするので吉であるが、陰（小人）もまた亨通し、万事が思い通りになる。

初九は陽剛正位で下位に居る。君子が剛明の才を抱いて下位に居るのに似ている。それは茅《ちがや》を抜くと多くの根がひき連れて抜かれてくる象を示している。その上進するには必ず同類をひき連れて行く。上進すると吉である。

九二は剛中で六五の柔中に応じている。これは剛中の才を以て上に専任されることを示し成卦の主である。泰に処する道に次の四がある。荒穢《こうわい》をも包含する度量を根本として、時には馮河の果断をなし、近きは言うまでもなく遠きをも忘れることなく、朋党の私心を絶つことである。かくすれば剛中の中道に合うことができる。

九三は三陽の上にあり泰の最も盛んな時であり、泰否の往来し陰陽の消長する際である。そこで戒めるに、常に平らかであって傾くことはないということはなく（常に泰なることはなく）、常に往き去って返ることはないというものはない（陰まさに返らんとしている）。まさに変ぜんとする時、陽剛の才を以てよく艱難して貞正を守れば咎はない。心配する必要はなく、期待した通りの信実がある。食禄を食《は》むについて幸いが続くであろう。

六四は泰の中を過ぎ、上体の大臣の位にあり、まさに下って上下交わらんとする志を示す。その志は、鳥が疾《はや》く飛ぶように、己の富貴には謙虚で、その隣（六五・上六）と共にして、下り交わらんとする。これら三陰の志は同じであるから、六四は戒めることなく孚《まこと》を尽くすのである。

六五は柔中で君位に居り剛中の九二に応がある。六五がよくこの剛明の賢臣に任せてこれに従うことは、帝乙がその妹を嫁がせた象に合致する。それは福《さいわい》があって大いに吉の占である。

上六は泰の終りで、その極は否に復るときであり、城の積んだ土が破れて、また元の隍《ほり》に返るようなものである。この時、兵衆を用いて力争してはならない。ただ自分の邑だけに命令を伝えるのがよく、たとい貞正を得ていても羞吝を免れない。

背景 「泰」は通ずる・交通する。初九「茹《じょ》」は根が引っ張り合って引き連なるさま。「彙《たぐい》」は内の三陽（初九・九二・九三）。九二「荒《こう》」は荒れ雑草が茂った土地、荒穢《こうわい》。「馮河《ひょうか》」は徒歩で黄河を渡る無謀さ。「遐《とお》きを遺《わす》れず」とは、遠くに隠れている賢人を忘れない。「朋亡《ともうしな》う」とは、親しい人（初九・九三）と徒党を組まない。公平無私。六四「翩翩《へんぺん》」は鳥の疾《はや》く飛ぶさま。泰の半ばを過ぎ、上に昇っていた陰は、もとの場所である下方へ飛び降りようとする。六五「帝乙」は殷の紂王《ちゅうおう》の父。天子の娘や妹が臣下に嫁ぐ王姫下嫁の礼法を制した。己の尊貴を降して九二（賢臣）に従うことを示す。

(12) 否《ひ》 ☰☷ 坤下乾上 （天地否《てんちひ》）

本文 之《これ》を否《ふさ》ぐは人《ひと》に匪《あら》ず。君子《くんし》の貞《てい》に利《よろ》しからず。大往《だいゆ》き小来《しょうきた》る。

初六《しょりく》、茅《ちがや》を抜《ぬ》くに茹《じょ》たり、其《そ》の彙《たぐい》と以《とも》にす。貞《てい》なれば、吉《きつ》にして亨《とお》る。
六二《りくじ》、包承《ほうしょう》す。小人《しょうじん》は吉《きつ》、大人《たいじん》は否《ひ》にして亨《とお》る。
六三《りくさん》、包羞《ほうしゅう》す。
九四《きゅうし》、命《めい》有《あ》れば咎《とが》无《な》し。疇《たぐい》、祉《さいわい》に離《つ》く。
九五《きゅうご》、否《ひ》を休《や》む。大人《たいじん》は吉《きつ》。其《そ》れ亡《ほろ》びん其《そ》れ亡《ほろ》びんとて、苞桑《ほうそう》に繋《かか》る。
上九《しょうきゅう》、否《ひ》を傾《かたむ》く。先《さき》には否《ふさ》がり後《のち》には喜《よろこ》ぶ。

解釈 上下疏通の道を塞《ふさ》ぐのは人の道ではない。君子が正道を守っても何の利点も得られない。陽往き陰来って上下閉塞の時であるからである。

初六は否の初め、位正しからざるも、在野の君子の身を潔《きよ》くして待つに擬せられる。茅《ちがや》を抜くと多くの根がひき連れて抜かれてくるの象がある。その占は君子の道に貞正であれば吉にしてよく亨通する。

六二は陰柔中正で、その応の九五に包容され承順する。これは否塞を済《すく》う道で、小人（六二）にとっては身のためで吉であり、また大人（九五）にとっては、否塞の時に処して、よくその道の亨通をうる。

六三は陰柔不正で内卦の上に進み、不中にして九四を承けている。九四は六三を包容し、六三は恥を忍んで上進せんとする象である。

九四は陽剛陰位、君位に近く否塞を済《すく》う才がある。九五の命を受けて動けば咎はない。同類の他の二陽も福《さいわい》につく。

九五は陽剛中正で君位にあり、よく天下の否塞を休止せしめる。大徳ある九五の大人は吉である。危く亡びることを常に恐れ慎んで、むらがり生える堅固な桑の木に物をつなぐの象である。

上九は否の極にあり。位不正であるが、九五の君を助けて、否塞の世を傾け覆《くつがえ》して泰平の世とする。まだ傾けない先には塞《ふさ》がっているが、すでに傾けて後には、ものごとが開け通じて喜びがある。

背景　「否」は塞《ふさ》がる・閉じ塞がって通じない。上天下地、天気は上升し地気は下降して、天地の二気は交わることなく隔絶し、万物は閉塞して通じない象を示す。**初六**泰の初九と同じ爻辞。「彙《たぐい》」は、内の三陰（初六・六二・六三）。**六三**「包羞《ほうしゅう》す」とは、「包」は陽が陰を包容する、六三が九四に包容されること。六三は不中不正の小人。不仁にして身に余る高位にあり、恥辱を一身に受ける。**九四**「疇《たぐい》」は、外の二陽（九五・上九）。「離」は附く。**九五**「苞桑《ほうそう》に繋《かか》る」とは、むらがり茂る頑丈な桑の木にしっかりと繋《つな》ぎとめる。

（13）同人《どうじん》 ䷌ 離下乾上 （天火同人《てんかどうじん》）

本文

人《ひと》に同《どう》ずるに野《や》に于《おい》てす、亨《とお》る。大川《たいせん》を渉《わた》るに利《よろ》し。君子《くんし》の貞《てい》に利《よろ》し。
初九《しょきゅう》、人《ひと》に同《どう》ずるに門《もん》に于《おい》てす。咎无《とがな》し。
六二《りくじ》、人《ひと》に同《どう》ずるに宗《そう》に于《おい》てす。吝《りん》。
九三《きゅうさん》、戎《つわもの》を莽《くさむら》に伏《ふ》せ、其《そ》の高陵《こうりょう》に升《のぼ》る。三歳《さんさい》まで興《おこ》さず。
九四《きゅうし》、其《そ》の墉《かき》に乗《の》るも、攻《せ》むる克《あた》わず。吉《きつ》。
九五《きゅうご》、人《ひと》に同《どう》ずるに先《さき》には号咷《ごうとう》して後《のち》には笑《わら》う。大師《たいし》克《か》ちて相遇《あいあ》う。
上九《じょうきゅう》、人《ひと》に同《どう》ずるに郊《こう》に于《おい》てす。悔《く》い无《な》し。

解釈

人に和同するには、たとえば、広々として遠く遥かな曠野に於てする。これは公平無私な心を以てするので、諸事よく亨通する。諸人の和同を得るので、大川の険難を渡るによろしい象がある。故に人に和同するの道は、君子の貞正を守るのがよい。

初九は私意がなく、人々に和同するのに門外においてする。広く公平であるので咎はない。

六二は正応の九五があるのに、一族の初九に和同する。当然、吝がある。

九三は剛暴の人、六二に和同せんとして機を伺っている。それは、兵衆を草むらに隠し、時に高い岡に登って様子を伺っている、然し三年の永きに至るまで兵を興さない象である。

九四は陽剛で中正ではない。九三と同じく六二に和同せんとする志を抱いている。それは、自らの垣根に乗り、攻めんとして攻めることができない象である。不義を攻めるので吉である。

九五は六二と正応で和同するものである。然し三・四の二陽に隔てられて容易に和同することができない。それは、先には泣き叫ぶが後には笑うの象である。九五が大師を用いて二陽にうち勝った後に六二に相和同するのである。

上九は卦の最上にあり下に応もない。それは人に和同するのに曠遠な郊に於てするの象である。共に和同するものもないので、悔いはない。

[背景]「同人」は人と和合すること。[卦辞]「野《や》に于《おい》てす」とは、「野」は郊外の広々とした所、無私の象。[初九]「門《もん》」は門外。門を出て広く人と交わる。公平無私。[六二]「宗《そう》」は宗族。同体(離)の初九を指す。[九三]「戎《じゅう》」はつわもの、兵士。「莽《もう》」は草むら。六二は九五と正応であるため、九三を受け入れない。そこで、六二に和同しようと機をうかがうが、九五に攻められることを懼れて三年の永きにわたって兵を起こさない。[上九]「郊《こう》」は、住人の少ない僻地の郊外。

（14） 大有《たいゆう》 ䷍ 乾レ下 離レ上 （火天大有《かてんたいゆう》）

本文 大有《たいゆう》は、元《おお》いに亨《とお》る。

初九《しょきゅう》、害《がい》に交《わた》ること无《な》し。咎《とが》に匪《あら》ず。艱《なや》めば則《すなわ》ち咎无《とがな》し。

九二《きゅうじ》、大車以《たいしゃもっ》て載《の》す。往《ゆ》く攸有《ところあ》り。咎无《とがな》し。

九三《きゅうさん》、公用《こうもっ》て天子《てんし》に亨《きょう》せらる。小人《しょうじん》は克《あた》わず。

九四《きゅうし》、其《そ》の彭《さかん》なるに匪《あら》ず。咎无《とがな》し。

六五《りくご》、厥《そ》の孚《まこと》ありて交如《こうじょ》たり。威如《いじょ》たれば、吉《きつ》。

上九《しょうきゅう》、天自《てんよ》り之《これ》を祐《たす》く。吉《きつ》にして利《よろ》しからざるは无《な》し。


解釈 大有は、そのなすことに於てよく亨通する。占者にその徳があれば、大いに善でよく亨通するであろう。

初九は陽剛正位で大有の初めにあり、害に渉《わた》ることはない。何の咎もない。その艱難を思い、よく苦悩すれば害に遠ざかり、災い咎はない。

九二は剛中柔位にして上に正応がある。それは大車に重い物を載せ得るの象である。進んで事に当たり行きて、咎はない。

九三は陽剛正位で公侯の位にある。公侯が天子に享宴されるの象である。もし公侯でも小人であれば、この爻を得ても当たることはできない。

九四は陽剛陰位、大有の時にすでに中を過ぎている。そこで謙遜して、その盛満に居らないようにすれば、咎はない。

六五は柔中尊位、大有の卦主である。その信《まこと》を以て九二の賢に応じ、上下これに帰して孚信《まこと》の交わりをなす。柔中に過ぎないよう、威厳を以て救えば、吉である。

上九は大有の極に居り、よく信を履み、順を思い、賢を尚ぶの三徳があるので、天からの祐けを得る。従って万事は吉にしてよろしくないものはない。

背景　陽を大とし陰を小とする。大有は陽が多くあること。一陰五陽で、六五の一陰が君位に居り、五陽がこれに応ずる卦形。上卦は離（日）、下卦は乾（天）であるから、太陽が地上の万物を遍《あまね》く照らしている象。**九二**「大車」は重い物を運ぶ大きな車、牛車。大徳大才があって天下の大業に堪える象。**六五** 中庸の徳ある温和な君子の象。九二の賢臣を用い、九二も真心をもって仕える。上下互いに孚信《まこと》をもって交流する。「交如《こうじょ》」は互いに交わるさま。「威如《いじょ》」は威厳があるさま。

(15) 謙《けん》 ䷎ 艮下坤上 (地《ち》山謙《さんけん》)

本文

謙《けん》は、亨《とお》る。君子《くんし》終《おわ》り有《あ》り。

初六《しょりく》、謙謙《けんけん》す、君子《くんし》。用《もっ》て大川《たいせん》を渉《わた》るに、吉《きつ》。

六二《りくじ》、鳴謙《めいけん》す。貞《てい》にして吉《きつ》。

九三《きゅうさん》、労謙《ろうけん》す、君子《くんし》。終《おわ》り有《あ》りて、吉《きつ》。

六四《りくし》、謙《けん》を撝《ふる》うに利《よろ》しからざる无《な》し。

六五《りくご》、富《と》めりとせずして其《そ》の鄰《となり》と以《とも》にす。用《もっ》て侵伐《しんばつ》するに利《よろ》し。利《よろ》しからざる无《な》し。

上六《しょうりく》、鳴謙《めいけん》す。用《もっ》て師《いくさ》を行《や》り邑国《ゆうこく》を征《せい》するに利《よろ》し。

解釈

謙は、諸事必ず亨通する。君子ならば終りをよく保つ。

初六は謙の最下、卑下に居るので謙の謙であり、かくの如きは君子で小人の処るべきところではない。この態度を以て険難を渉るも、何の患害もなく、吉である。

六二は柔順中正で謙の徳が内に充積して、謙を以て聞こえる鳴謙に至る。自ずから貞正にして吉である。

九三は陽剛正位で衆陰の宗とする成卦の主である。そのためには功労がありながら謙徳を守る労謙する君子である。従って終りをよく保つにより吉である。

六四は柔にして正位にあり、六五の君に接近し労臣九三の上に乗る。従って自ら戒めて、更に謙の徳を発揮するに如かずである。

六五は柔中で尊位に居り、謙順を以て下に接し衆の帰服するところとなっている。尊位による富貴を用いることがなく、謙徳を以て近隣（六四・上六）と共にする。それでもなお服従しない者があれば、威武を用いて征伐するのがよい。他事に施してもよろしくないものはない。

上六は坤順の極、謙の終りであり謙の極まるものである。しかも尚、謙の志を得ず鳴謙するものである。そこで軍隊を興すに至るが、私邑の叛乱を収める程度であるのがよろしい。

【背景】「謙」はへりくだる。高大な山が低い地の下にあり、その尊を抑えて甘んじて物の下に居る。【卦辞】「終り有り」とは、最後はよい結果を得る。始めには屈していても、終りに伸びて尊顕されるの意。【初九】「謙謙《けんけん》」は謙して又謙する。謙の至り。【六二】「鳴謙《めいけん》」は、「鳴」は名声の聞こえることで、謙遜の徳が中に充積して外に現れる。【九三】「労謙」は功労があって謙遜する。「終り有りて、吉」とは、有終の美をよく保つことによって吉。卦辞の「終り有り」とは異なる。

(16) 豫《よ》 ䷏ 坤下震上 (雷地豫《らいちよ》)

本文

豫《よ》は、侯《きみ》を建《た》て師《いくさ》を行《や》るに利《よろ》し。
初六《しょりく》、鳴豫《めいよ》す。凶《きょう》。
六二《りくじ》、介《かた》きこと石《いし》の于《ごと》し。日《ひ》を終《お》えず、貞《てい》にして吉《きつ》。
六三《りくさん》、盱豫《くよ》す。悔《く》いあり。遅《おそ》くして有悔《またく》ゆ。
九四《きゅうし》、由豫《ゆうよ》す。大《おお》いに得《う》る有《あ》り。疑《うたが》う勿《なか》れ。朋盍《ともあ》い簪《あつま》る。
六五《りくご》、貞《てい》なれども疾《しつ》あり。恒《ひさ》しくして死《し》せず。
上六《しょうりく》、冥豫《めいよ》す。成《な》れども渝《か》うること有《あ》れば、咎无《とがな》し。

解釈

豫は和《やわ》らぎ楽しむの意。九四の一陽には上下の五陰が応じ、万民和楽し、その志がよく行われることを示しているので、君を立て師を用いるによろしい。

初六は豫の最下に居る陰柔の小人である。卦主九四の応を得て、その楽しみにたえず声に発して喜ぶ。それは凶である。

六二は中正にして上に応はないが、豫に当たって独り中正を以て自ら守る。その節操の堅いことは石のようである。機を見て動き、日を終えるを待たず速やかに対処する。貞正にして吉である。

六三は陰柔不正、卦主九四に近い小人である。卦主をうわ目使いに眺めて喜んでいる。佞媚《ねいび》のさまで、悔いがある。然しまたぐずぐずして朋盍《あ》い簪《あつま》るの機に遅れて、また悔いを残す。

九四は陽剛正位で豫の卦主、上の事に任ずる大臣の位にある。逸豫するは己に由る。大いにその志を行い天下の豫《よろこび》を致すことができる。疑うことなかれ、朋類は自ずから合い聚るべし。

六五は陰柔で尊位にあり、豫に耽溺している君主である。尊位にあって貞正であるが、九四に制せられる疾苦がある。貞正の故に久しく死することはない。

上六は陰柔を以て豫の極にある。豫を極め、これに昏迷している。その昏迷はすでに成就しているが、豫の終り変の機であるので、自らその冥豫を変え改めることがあれば、咎はない。

背景　「豫」は楽しむ。震雷・坤地で、雷が地上に出た象。地中の陽気が雷動により地上に出で、万物は通暢《つうちょう》し和豫する象。初六「鳴豫《よ》」は楽しみを鳴らす。驕るに至るから凶。六二「介」は堅い。節操の堅いこと。六三「盱《く》」はうわ目使いに見上げる。「盱豫《くよ》」は媚《こ》びへつらうさま。九四「由豫《ゆよ》」は自ら楽しみを得ること。「由」は己によること。「盍」は合う。「簪」は聚まる。上六「冥豫《めいよ》」は豫《たの》しみに耽って目がくらみ、返ることを知らない。「冥」は暗い・昏冥。「成」は成就、豫の時の終りにあって、昏迷ができあがるの意。「渝」は変える、心を入れ替える。

(17) 随《ずい》 ䷐ 震下兌上 (沢雷随《たくらいずい》)

本文

随《ずい》は、元《おお》いに亨《とお》る、貞《ただ》しきに利《よろ》し。咎无《とがな》し。

初九《しょきゅう》、官渝《かんかわ》ること有《あ》り。貞《てい》なれば吉《きつ》。門《もん》を出《い》でて交《まじ》われば功有《こうあ》り。

六二《りくじ》、小子《しょうし》に係《かか》りて、丈夫《じょうふ》を失《うしな》う。

六三《りくさん》、丈夫《じょうふ》に係《かか》りて、小子《しょうし》を失《うしな》う。随《したが》いて求《もと》むる有《あ》れば得《う》。貞《てい》に居《お》るに利《よろ》し。

九四《きゅうし》、随《したが》いて獲《う》ること有《あ》り。貞《てい》なれども凶《きょう》。孚有《まことあ》り道《みち》に在《あ》りて以《もっ》て明《あき》らかならば、何《なん》の咎《とが》あらん。

九五《きゅうご》、嘉《か》に孚《まこと》あり、吉《きつ》。

上六《しょうりく》、之《これ》に拘係《こうけい》し、乃《すなわ》ち従《したが》いて之《これ》を維《つな》ぐ。王用《おうもち》いて西山《せいざん》に亨《きょう》す。

解釈

随は従うで、剛（震の初九）が柔（兌の上六）に下り、少女（兌の象）が長男（震の象）に悦んで従うの卦である。従ってもの事は大いに亨通する。然し必ず貞正を守って咎害なきをうる。

初九は陽剛で最下にあるが震動の主である。随うべければ随うという変動の象があり、官が時に随って変わることがあるが、貞正を守っておれば吉である。門を出て広く世人と交われば、私情に引かれることもないので、成功を収めることができる。

六二は陰柔にして中正、初九に比し、九五に応あり。その正応をすてて、小子（初九）に係属するので、丈夫（九五）を失う結果となる。

六三は陰柔不正で上に正応はない。間近い丈夫（九四）に係属して、小子（初九）を失う結果になる。然し九四に随えば求めるものは得られるが、必ず貞正を守るがよい。

九四は陽剛不正で君位に近い。六三の求めに応じて随えば、その随従をうるが、その勢いは九五を陵《しの》ぐものがあるので、いかに貞正を守っても凶である。然し誠があって臣道を存し、剛明の徳を以て処すれば、上安んじ下随い、何の咎もないであろう。

九五は陽剛中正で尊位に居り、六二の中正に応がある。その六二に応ずるのは、善に随う孚信《まこと》があるからで、勿論、吉である。

上六は陰柔にして随の極に居る。陰柔としては陽剛に係るほかないので、九五の陽剛に止め係属する。そこで九五はこれに従って上六を固く繫ぎ結ぶのである。九五は上六を固く繫ぎこれを用いて人心をこのように固く繫ぎ結ぶので、周の文王が西山（岐山）に享祭した時のように山川の祭りをするので、その誠意は、神明にも通ずるのである。

背景 「随」は従う。震（雷）が下に動いて兌（悦）が上に喜ぶの象。人を従わせるための道を説く。六三 初九（小子）と同体であるが、九四（丈夫）に接近し係わる。九四「獲」は、六三の随うを得ること、六三を取り込む。九五「嘉」は善の義、六二の中正を指す。上六陰柔をもって「随」の極に居り、上に随うものなく、下の剛に係るほかない。上の「之」は九五、下の「之」は上六を指す。九五が上六を捕らえて放さない。「王」は九五、「用」は上六（賢人）を用いること。

(18) 蠱《こ》 ䷑ 巽下艮上（山風蠱《さんぷうこ》）

本文

蠱《こ》は、元《おお》いに亨《とお》る。大川《たいせん》を渉《わた》るに利《よろ》し。甲《こう》に先《さき》だつこと三日《みっか》、甲《こう》に後《おく》るること三日《みっか》。
初六《しょりく》、父《ちち》の蠱《こ》を幹《かん》す。子《こ》有《あ》れば、考咎无《ちちとがな》し。厲《あやう》けれども終《つい》には吉《きつ》。
九二《きゅうじ》、母《はは》の蠱《こ》を幹《かん》す。貞《てい》にす可《べ》からず。
九三《きゅうさん》、父《ちち》の蠱《こ》を幹《かん》す。小《すこ》しく悔《く》い有《あ》り、大《おお》いなる咎无《とがな》し。
六四《りくし》、父《ちち》の蠱《こ》を裕《ゆる》やかにす。往《ゆ》けば吝《りん》を見《み》る。
六五《りくご》、父《ちち》の蠱《こ》を幹《かん》す。用《もっ》て誉《ほま》れあり。
上九《しょうきゅう》、王侯《おうこう》に事《つか》えず、其《そ》の事《こと》を高尚《こうしょう》にす。

解釈 「蠱」は壊乱・惑乱を意味するが、またそれを治める事をも意味し、事あり、為すあるの義となる。これによって万事は大いに亨通する。事あるの時には、勇往して険難を克服すべきで、大川を渉るが如くするによろし。事あるの日には、甲に先だつ三日めの辛の日と、甲に後れる三日めの丁の日が吉日である。

初六は「蠱」の初め、成卦の主である。「父の蠱を幹す」（前人の蠱壊を治める事を主幹す）るの象がある。その任に堪えうる子（初六）があれば、亡き父の過咎はなくなる。事の初めに当たるので危いが、よくその任に堪えて、終には吉である。

九二は剛爻柔位、上の六五に応がある。剛を以て柔を行い、「母の蠱を幹す」（六五の蠱壊を治める事を主幹す）るの象がある。母のこと故に堅貞にすべきではなく、巽順で入るべきである。

九三は剛爻剛位、中ならず剛に過ぎている。「父の蠱を幹す」るの象がある。剛に過ぎて少しく悔いがあるが、よく親に仕えて、終には大きな過咎はない。

六四は柔爻柔位、位は正であるが応はなく柔弱に過ぎる。「父の蠱を裕やかにす」（前人の蠱壊を治めることを寛裕にする）るの象がある。もし進んで往けば、常道に過ぎたことなので、羞吝を見ることになる。

六五は柔中で尊位に居る。「父の蠱を幹す」るの象がある。よく九二の臣に任じ、柔中（六五）の徳によって誉《ほま》れがある。

上九は陽剛で、蠱の終り事の外に居る。賢人君子にして王侯にも仕えず、独り高潔を守るの象がある。

【背景】「蠱」は「腹中の蠱」（『説文』）とあり、壊・事・惑の意。【卦辞】「甲」は十干十日の日のはじめ。「三日」は、三日目の日。「甲に先だつこと三日」は、「辛」の日、「甲に後るること三日」は「丁」の日。【初六】「父の蠱」は父の代から始まった家の失墜。「考」は亡き父。生前は「父」と称し、死後は「考」と称する。【九二】「母」は六五を指す。「貞」は厳正に過ぎる。【六四】「裕」は寛裕、ここではのんきにしているの意。【上九】「王侯」は王と諸侯。「其の事」は己の生き方。

（19）臨《りん》 ䷒ 兌下坤上（地沢臨《ちたくりん》）

【本文】臨《りん》は、元《おお》いに亨《とお》る、貞《ただ》しきに利《よろ》し。八月《はちがつ》に至《いた》り凶有《きょうあ》り。

初九《しょきゅう》、咸《かん》じて臨《のぞ》む。貞《てい》にして吉《きつ》。

九二《きゅうじ》、咸《かん》じて臨《のぞ》む。吉《きつ》にして利《よろ》しからざる无《な》し。

六三《りくさん》、甘《あま》くして臨《のぞ》む。利《よろ》しき攸无《ところな》し。既《すで》に之《これ》を憂《うれ》うれば、咎无《とがな》し。

六四《りくし》、至《いた》りて臨《のぞ》む。咎无《とがな》し。

六五《りくご》、知《ち》にして臨《のぞ》む。大君《たいくん》の宜《よろ》しきあり、吉《きつ》。
上六《しょうりく》、敦《あつ》く臨《のぞ》む。吉《きつ》にして咎无《とがな》し。

解釈 「臨」は民に臨み事に臨んで大なるの卦、諸事、大いに亨通するが貞正を固守するがよい。八月、「遯」に至ると二陽が消失するので、凶がある。

初九は陽剛で位正しく、六四に正応がある。そこで上に感じて進み長じ、上は下に応じて臨む咸臨の象がある。諸事、貞正であるから吉である。

九二は二陽上進の主、剛中で六五の柔中の尊位に正応がある。そこで初九の同じく咸臨の象がある。諸事、吉にして宜しからざるものはない。

六三は陰柔不正で二陽の上に乗じ、下卦兌説《えつ》の上に居る。甘悦を以て人に臨むの象があり、もとより何のよいこともない。然しその危きを悟り、憂え改めて臨めば、過咎はなくなる。

六四は上卦の下、上下の際に居り、位正しく初九に応じている。上下相親しむの至りで、至臨の象がある。勿論、過咎を受けることはない。

六五は柔中で尊位に居り、下の剛中の九二に応じている。これは剛中の賢臣に倚任することを示し、明知を以て下に臨む知臨の象である。天子としてよろしく取るべき態度であり、吉である。

上六は臨の終りにあり、その体は坤順である。そこで敦厚を以て下に臨む敦臨の象がある。諸事、吉であって何の過咎も受けることはない。

背景　「臨」は、監《のぞ》む。上から下を見下ろすこと。地（坤）が一段低い沢（兌）に見下ろす象。
卦辞「八月」は、建子復卦一陽の月より、建未遯卦二陰の月に至る、臨の二陽が消え、二陰が息《ふ》える遯《とん》卦に当たる。遯は十二消息卦では周正（周の暦）八月に配されるが故に八月という。左の十二消息卦を参照。**六三**「甘くして臨む」とは、口先の甘い言葉をもって人に臨む。**六四**「至りて臨む」とは、「至る」は下《くだ》るの意。六四が初九（正応）に下って交わり親しむの意。**上六**「敦く臨む」とは、手厚い徳をもって下の二陽（初九・九二）に臨む。

（十二消息卦）

				（夏正）	（殷正）	（周正）
冬	坤	䷁	亥	十月	十一月	十二月
	復	䷗	子	十一月	十二月	正月
	臨	䷒	丑	十二月	正月	二月
春	泰	䷊	寅	正月	二月	三月
	大壮	䷡	卯	二月	三月	四月
	夬	䷪	辰	三月	四月	五月

剝	観	否	遯	姤	乾
秋			夏		
䷖	䷓	䷋	䷠	䷫	䷀
戌	酉	申	未	午	巳
九月	八月	七月	六月	五月	四月
十月	九月	八月	七月	六月	五月
十一月	十月	九月	八月	七月	六月

（20）観《かん》 ䷓ 坤下巽上 （風地観《ふうちかん》）

本文

観《かん》は、盥《かん》して薦《せん》せず、孚有《まことあ》りて顒若《ぎようじやく》たり。

初六《しよりく》、童観《どうかん》す。小人《しようじん》は咎无《とがな》し、君子《くんし》は吝《りん》。

六二《りくじ》、闚観《きかん》す。女《じよ》の貞《てい》に利《よろ》し。

六三《りくさん》、我《わ》が生《せい》を観《み》て、進退《しんたい》す。

六四《りくし》、国《くに》の光《ひかり》を観《み》る。用《もつ》て王《おう》に賓《ひん》たるに利《よろ》し。

九五《きゆうご》、我《わ》が生《せい》を観《み》る。君子《くんし》なるときは咎无《とがな》し。

上九《じょうきゅう》、其《そ》の生《せい》を観《み》る。君子《くんし》なるときは咎《とが》无《な》し。

解釈　観は上が下に示す意の卦で、従って下が上を仰ぎ観ることになる。それは例えば、宗廟の祭祀に際し、その始めに祭主が盥（手を洗い清める）してまだ供え物を献上しない時の、厳粛で敬虔な態度に示される。それを仰ぎ観る者も誠信の念に充ち満ち、顒然として心服するという上下の誠信の相観感するに見られる。

初六は陰柔不正で最下に居り、上二陽を仰ぎ観るに最も遠い。観ること浅近で明らかならず、童児の観をなすの象である。もとより小人の観であるから、小人ならば咎はないが、君子ならば羞吝すべきである。

六二は陰柔中正で上九五の陽剛中正に応がある。内に居って外を窺い観るの象である。よって女子の貞正なるにはよろしとなす。

六三は陰柔不正で上下の際に居り、時に従って進退することを示す。我が身の行うところを観て、時に従って進退するの象である。

六四は陰柔正位で六五の聖賢の君位に接近している。大観する君を仰ぎ観て、国の光華盛美なるを観るの象である。よろしく王朝に賓として仕進し聖君を輔けるによろし。

九五は陽剛中正にして尊位にあり大観の主である。我が行うところを自ら観るの象である。占者がよく九五の如き中正の徳ある君子ならば咎はない。
　上九は九五の上、無位に居り、事に任ずるものではないが、下四陰に仰ぎ観られている。よって自らその行うところを観るの象である。占者が上九の如く無位有徳の君子であれば咎はない。

背景 「観」は見守る。下より上を見上げる意と上より下を見下ろす意の二義がある。二陽（九五・上九）が上より下を見下ろし、四陰（初・二・三・四）が下より上を仰ぎ観る象。**卦辞**「薦」は祭祀の供え物をする。「薦せず」は「未だ薦めず」の意。「顒若《ぎょうじゃく》」は、「顒」は仰ぐ、仰ぎ敬うさま。下の者が誠信の念に充ちて仰ぎ観る。**六二**「闚」は窺《うかが》う。女子が家に居て外を覗《のぞ》き見る。**六三**「我が生」とは、我（六三）が行うところ。**六四**「国」と「王」は九五を指す。「賓」は、士の王朝に仕進する。**上九**「其の生」とは、上九自らの行うところを指す。

（21）噬嗑《ぜいごう》　䷔　震下離上（火雷噬嗑《からいぜいごう》）

本文 噬嗑《ぜいごう》は、亨《とお》る。獄《ごく》を用《もち》うるに利《よろ》し。
初九《しょきゅう》、校《あしかせ》を履《は》きて趾《あし》を滅《やぶ》る。咎无《とがな》し。

六二《りくじ》、膚《ふ》を噬《か》みて鼻《はな》を滅《やぶ》る。咎无《とがな》し。
六三《りくさん》、腊肉《せきにく》を噬《か》み、毒《どく》に遇《あ》う。小《すこ》しく吝《りん》なれども、咎无《とがな》し。
九四《きゅうし》、乾胏《かんし》を噬《か》みて、金矢《きんし》を得《え》たり。艱貞《かんてい》に利《よろ》し、吉《きつ》。
六五《りくご》、乾肉《かんにく》を噬《か》みて、黄金《おうごん》を得《え》たり。貞厲《ていれい》なれば、咎无《とがな》し。
上九《しょうきゅう》、校《くびかせ》を何《お》いて耳《みみ》を滅《やぶ》る。凶《きょう》。

解釈　上あごと下あご（頤《い》）とを、噬《か》み嗑《あ》わせるのが噬嗑であり、それによって口中の邪魔物を除去して、上下和合する。よって噬嗑は、諸事に亨通する。刑獄を用いるには、差し支えはなくよろしい。

初九は卦の初め無位の地に居り刑獄を受ける者、その罪はまだ軽く過ちも小である。そこで、足かせ（校）を履いて、その足首を傷つけやぶるの象である。悪をその初めに止めるので、これに懲り、咎はない。

六二は中正で、下にあって刑獄を用いる者、その行うところは中正である。そこで、柔軟な豕膚《しふ》を噛んで、その鼻を傷つけ破るの象である。然し中正であるので、終には全く咎はない。

六三は柔を以て不正の位に居り刑獄を用いる者、人を刑しても人は容易に信服しない。そこで、堅い小骨の多い乾肉を噛んで、口先を傷つけ破るの象である。遂には噬み嗑《あ》うので、少しく羞吝はあるが、咎はない。

九四は陽剛で陰位に居るが、君位に近くその剛直の才により刑獄を用いる道を得た者とされる。そこで、骨つき乾肉の大きな塊《かたまり》を噛んで、金矢（やじり）を得た象である。艱難に堪え貞正を固く守るによろしければ、吉である。

六五は柔中尊位で刑獄を用いるの主である。そこで、骨のない乾肉を噛んで黄金を得るの象である。貞正を固守し、常に畏れ励むの念を懐けば、咎はない。

上九は無位の地、過極の陽剛で刑獄を受ける者、その悪は極まり罪は大である。そこで、首かせ（校）を負うて、その耳を傷つけ破るの象であり、その占は、言うまでもなく凶である。

背景　「噬」は齧《か》む、「嗑」は合う。**六二**「膚」は豕《いのこ》の骨のない軟らかい肉。罪を裁くことの容易であること（罪人が容易に自白する）。**六三**「腊肉《せきにく》」は乾肉の一つ。九四の「胏《し》」も禽獣の大きな塊の肉を乾したもので、ともに骨つきで堅い。「腊」の方が小さいので、その筋骨で口さきを傷つきやすい。手強い罪人の喩え。「毒に遇う」とは、筋骨により傷つく。**九四**「乾胏《かんし》」は重い犯罪者の喩え。「金矢《きんし》を得」とは、取り調べに苦労するが、ついに犯人の自白を得る。**六五**「黄金」は、黄は中の色、金は剛の物で中道（中剛）を得るの喩え。**上九** 極悪の重罪人の象。「何」は負う。

（22） 賁《ひ》 ䷕ 離レ下艮レ上 （山火賁《さんかひ》）

本文

賁《ひ》は、亨《とお》る。小《すこ》しく往《ゆ》く攸有《ところあ》るに利《よろ》し。
初九《しょきゅう》、其《そ》の趾《あし》を賁《かざ》る。車《くるま》を舎《す》てて徒《かち》す。
六二《りくじ》、其《そ》の須《ひげ》を賁《かざ》る。
九三《きゅうさん》、賁如《ひじょ》たり、濡如《じゅじょ》たり。永貞《えいてい》なれば吉《きつ》。
六四《りくし》、賁如《ひじょ》たり、皤如《はじょ》たり。白馬《はくば》翰如《かんじょ》たり。寇《こう》に匪《あら》ず、婚媾《こんこう》せんとす。
六五《りくご》、丘園《きゅうえん》に賁《かざ》る。束帛戔戔《そくはくせんせん》たり。吝《りん》なれども、終《つい》には吉《きつ》。
上九《じょうきゅう》、白《はく》もて賁《かざ》る。咎无《とがな》し。

解釈

賁とは文飾するの意、文飾するによって諸事よく亨通する。然し、もと実質の文《かざ》りにすぎないから、少しばかり進み行くにはよい。

初九は最下に居り、その分に安んじその行いを立派にするので、その足首を飾るの象である。従って、不義の車などには乗らず、自ら徒歩するものである。

六二は陰柔中正で九三に親比する。そこで「下あご」（頤）に従って動く「あごひげ」（須）を飾るの象である。

九三は陽剛で位正しく文明の極であり、二陰と共に文飾する最も盛んなものである。従って、その文飾することは賁如として光彩があり、濡如として光沢がある象である。然しそれが常久であることは難いので、永く貞正を固守すれば吉をうるのである。

六四は初九に正応があり九三の陽剛に乗じ、下体の文飾を止めて上体の素飾に反らんとするの際に居る。正応（初九）を求めて共に文飾せんとして賁如たるさまであり、陽剛（九三）に隔てられて皤如たるさまである。その正応を求めるの心は、白馬に乗って飛ぶように速い。正応は寇《あだ》ではなく婚媾せんとするものである。

六五は柔中で尊位にあり、正応はなく陽剛の上九を承けている。そこで草木の生い茂る丘園で農事に努めるの象であり、また、聘物の束帛が戔々として軽少であるの象である。これは共に民生の本を敦くし実を尚ぶもので、「賁」の本道に立ち反るものである。そこで吝嗇のそしりを受けて、羞吝することもあるが、奢らんよりはむしろ倹なれで、遂には吉をうる。

上九は「賁」の極、その素に立ち反るのである。そこで素の白きをもって賁るの象である。賁道の本に立ち反るので、何の罪咎めもない。

背景　「賁」は飾る・文飾。山は草木百物の聚り生ずるところ、火がその下にあって明るく照らし庶物が光明を被るので、文飾するの象。[初九]「車」は六二を指す。[九三] 六二・六四の二陰の間におり、二陰に飾られて最も美しい。「賁如《ひじょ》」は文飾の光彩のつややかなさま。「濡如《じゆじょ》」は光沢のあるさま。[六四] 賁の文飾を素白に返す象。「皤如《はじょ》」は白いさま、文彩を施していないこと。「白馬」は初九（正応）。「翰如《かんじょ》」は飛ぶこと疾《はや》いさま。[六五]「束帛戔戔《そくはくせんせん》」は節倹を尊ぶことを示し、賁道の本を尚ぶの意。「戔戔」は軽少。[上九] 賁飾《ひしょく》の極。「白賁《はくひ》」は素飾に反《かえ》る。飾り極まって生地のままの美に至る。

（23）剝《はく》 ䷖ 坤下艮上（山地剝《さんちはく》）

[本文] 剝《はく》は、往《ゆ》く攸有《ところあ》るに利《よろ》しからず。

初六《しょりく》、牀《しょう》を剝《はく》して足《あし》に以《およ》ぶ。貞《てい》を蔑《ほろ》ぼす、凶《きょう》。

六二《りくじ》、牀《しょう》を剝《はく》して辨《べん》に以《およ》ぶ。貞《てい》を蔑《ほろ》ぼす、凶《きょう》。

六三《りくさん》、之《これ》を剝《はく》するに、咎无《とがな》し。

六四《りくし》、牀《しょう》を剝《はく》して膚《ふ》に以《およ》ぶ。凶《きょう》。

六五《りくご》、貫魚《かんぎょ》のごとく、宮人《きゅうじん》を以《ひき》いて寵《ちょう》せらる。利《よろ》しからざる无《な》し。

上九《しょうきゅう》、碩果《せきか》食《くら》われず。君子《くんし》は輿《よ》を得《え》たり、小人《しょうじん》は廬《ろ》を剝《はく》す。

解釈　「剝」は、下より五陰が上り盛長して、上の一陽をまさに剝落し尽くさんとするの卦で、小人の道が最も盛んな時である。君子たるものは、進んで事を行うにはよろしくない。

陰が陽を剝落するのは、下から起こって上り進む。初六は最下にあり、剝尽の初めである。そこで、牀の足より剝落するの象、貞正な陽の道を滅ぼすので、当然、凶である。

六二はその剝落することが漸く盛んとなり、牀の幹をなす辨（牀の台と足とを上下に二分する横木）にまで及ぶ象である。貞正な陽の道を滅ぼすので、当然、凶である。

六三は独り上に正応あり、これに従う志がある。そこで諸陰が陽を剝落する中にあって、咎なきをうるのである。

六四に及んでは牀を剝落し尽くして牀上の人に迫り、その人の皮膚を剝落するに至る。まさにその身を剝滅せんとするので、勿論、凶である。

六五は君位に居り五陰の長である。然し下より剝尽し、六五に至って極まる。そこで、刺し並べた貫魚のように、秩序正しく宮人を率いて、上一陽の寵を受けさせる。そうすれば、凶を免れて害はないのである。

上九は、諸陽が剝落し尽くされて、一陽のみなお存しているもの。それは大いなる果実が人に食われずに存しているの象である。君子ならば車を得た占であり、小人ならば住み家を剝尽した占である。

[背景]「剝」は尽きる・尽くす。艮山・坤地で高い山が剝落して平地になろうとする象。[卦辞]陰盛んにして陽衰える時であり、小人（陰）が壮《さか》んで、君子（陽）が病む時である。[初六]「牀《しょう》」は寝台。下の坤の象。上の艮は牀の上に安処する人に象る。[六三]「之」は陽を指す。[六五]「貫魚《かんぎょ》」は刺し通した魚。魚は陰の物で、貫魚を以て衆陰の象とする。[上九]「碩果《せきか》」は大きな果実、上九（陽）の象。「食われず」とは、上九の陽が剝食《はくしょく》し尽くされずの意。

(24) 復《ふく》 ䷗ 震下坤上 （地雷復《ちらいふく》）

[本文] 復《ふく》は、亨《とお》る。出入《しゅつにゅう》に疾无《しつな》く、朋来《ともきた》り咎无《とがな》し。其《そ》の道《みち》を反復《はんぷく》し、七日《なぬか》にして来《きた》り復《ふく》す。往《ゆ》く攸《ところ》有《あ》るに利《よろ》し。

初九《しょきゅう》、遠《とお》からずして復《かえ》る。悔《く》いに祇《いた》ること无《な》し、元《おお》いに吉《きつ》。

六二《りくじ》、休《よ》く復《かえ》る。吉《きつ》。

六三《りくさん》、頻《しき》りに復《かえ》る。厲《あやう》けれども咎无《とがな》し。
六四《りくし》、中行《ちゆうこう》して独《ひと》り復《かえ》る。
六五《りくご》、復《かえ》るに敦《あつ》し。悔《く》い无《な》し。
上六《しようりく》、復《かえ》るに迷《まよ》う。凶《きよう》。災眚《さいせい》有《あ》り。師《いくさ》を行《や》るに用《もち》うれば、終《つい》に大敗《たいはい》有《あ》り。其《そ》の国《くに》に以《もち》うれば、君《きみ》の凶《きよう》なり。十《じゆう》年《ねん》に至《いた》るも、征《せい》すること克《あた》わず。

解釈　「復」は一陽が下に来復して、次第に長じ行くを示す卦である。そこで諸事、思い通りに亨通する。微陽が内に入って生じ外に出て長ずるのを、何も害するものはないし、同類（陽剛）が引き続いて来復してくるので、なんの災い尤めもない。陽気がその道を反復往来して、剥尽から来復まで凡そ七日で、また来復する。次第に陽が長じて行くので、諸事に於て、進んで行うによろしい。

初九は一陽が初めて下に来復したもので、「復」の卦主である。それはまだ遠くまで行かぬうちに、速やかに復って来た象である。速やかに善心に立ち復ったので、当然、悔いに至るようなことはなく、大善で吉の道である。

六二は柔順中正で下の初九に比しむ。これによく復り従うの象である。仁者（初九）に従うので、吉である。

六三は陰柔不正で上下進退の間にあり、震動の極に居る。善心に復ることしばしばであるが、またこれを失って安定していない象である。しきりに失うので危く、また立ち復るので咎めはない。

六四は陰柔正位、居るところは一卦の中であり、また衆陰の中でもある。そこで、中道を以て行き独り道に順って復るの象がある。

六五は坤順の中、中順の徳をもって君位に居る。そこで、善に復る心の敦篤な者の象である。当然、悔いはない。

上六は陰柔で復の終りに居る。復ること窮まって、遂に復るに迷う象である。当然、凶であり、天災を自ずから招く禍がある。これを軍隊を動かすことに用いれば、終には大敗を招く結果になる。これをその国に用いれば、その君の凶でもある。十年の久しきに至っても、国勢は振わず、遂に出征することはできない。

背景　「復」は反《かえ》る。坤地・震雷で雷が地中にあって、まだ雷声を発していないが、始めて下に微陽が生じている象。卦辞「疾无《しつな》く」とは、疾は疾害、一陽（初九）の勢いを何物も妨げ害することができない。「其の道」は、陽気消息の道。六二「休」は、よい（善、美）。六四「中行」の「中」は、通常、内外卦の二・五に当たるが、三・四も一卦六爻の「中」とする場合がある（益䷩の六三・六四）。復の六四は、衆陰（五陰）の「中」でもある。

(25) 无妄《むぼう》 ☰☳ 震下乾上 (天雷无妄《てんらいむぼう》)

本文 无妄《むぼう》は、元《おお》いに亨《とお》る、貞《ただ》しきに利《よろ》し。其《そ》れ正《せい》に匪《あら》ざれば眚《わざわ》い有《あ》り。往《ゆ》く攸有《ところあ》るに利《よろ》しからず。

初九《しょきゅう》、无妄《むぼう》なり。往《ゆ》けば吉《きつ》。

六二《りくじ》、耕穫《こうかく》せず、菑畬《しよ》せざれば、則《すなわ》ち往《ゆ》く攸有《ところあ》るに利《よろ》し。

六三《りくさん》、无妄《むぼう》の災《わざわ》いあり。或《ある》いは之《これ》に牛《うし》を繋《つな》ぐ。行人《こうじん》の得《う》るは、邑人《ゆうじん》の災《わざわ》いなり。

九四《きゅうし》、貞《てい》にすべし。咎无《とがな》し。

九五《きゅうご》、无妄《むぼう》の疾《やまい》あり。薬《くすり》すること勿《なか》れ、喜《よろこ》び有《あ》り。

上九《しょうきゅう》、无妄《むぼう》なり。行《ゆ》けば眚《わざわ》い有《あ》り、利《よろ》しき攸无《ところな》し。

解釈 「无妄」とは虚妄なき至誠の意で、至誠は天道である。この天道に法れば、諸事、大いに亨通する。貞正を固守するのがよい。苟しくも正理に合せざるものがあれば、災いが生ずる。従って、進んで事を行うにはよろしくない。

初九は陽剛正位で震の主であり、誠の主で无妄の象がある。この无妄を以て往けば、言うまでもなく吉である。

六二は柔順中正で剛中正の九五に正応があり、時に因り理に順う无妄である。耕作せず収穫せず、新墾田《あらきた》作りせず熟田《こなた》作りせず、終始、時に因り理に従い一切の作為をしないならば、進んで往くによろしい。

六三は陰柔で不中不正である。そのために无妄ではあるが思わぬ災難がある。たとえば、牛を村里に繋いでおき、道を行く人（九四）がその牛を牽《ひ》いて行くと、村人（六三）があらぬ疑いを受けて、思わぬ災難に遇うようなものである。

九四は陽剛で乾体に居り下に応与がない。无妄であるから、その居るところを固守すべし。咎はないが事を行ってはならない。

九五は陽剛中正で尊位に居り、下に柔順中正の正応があり、无妄の至れるものである。それでも无妄の疾《やまい》がある。薬を用いてはならない。自ずからにして癒《いえ》る喜びがある。

上九は卦の終りに居り无妄の窮まる時である。窮まっているのに、また進み行けば自ら招く災害に遇う。よいことは何もない。

背景　「妄」は偽り、誠の反対。「无妄」は虚妄なき至誠。至誠は天道・道理。天の下に雷が行き、震動して万物がこれに与する象。古の天子は无妄の象に法って、天の時に順って万物を養育し、そのよろしきを得させた。**六二**「耕獲《こうかく》せず、菑畬《しよ》せず」とは、作為をしないの意。「菑《し》」は新墾田《あらきた》、

「畬《よ》」は熟田《こなた》（よく開墾した田）。六三「災」は、自ら招いた災難ではない。六三は（六二と違って）位を失っているため、思わぬ災難に遭う。「行人の得る」とは、道行く人（六四）が牛を得ること。上九「眚《わざわい》」は、自ら招いた人災。

(26) 大畜《たいちく》 ䷙ 乾下艮上 （山天大畜《さんてんたいちく》）

本文

大畜《たいちく》は、貞《ただ》しきに利《よろ》し。家食《かしょく》せずして、吉《きつ》。大川《たいせん》を渉《わた》るに利《よろ》し。
初九《しょきゅう》、厲《あやう》きこと有《あ》り。已《や》むに利《よろ》し。
九二《きゅうじ》、輿《くるま》、輹《とこしばり》を説《と》く。
九三《きゅうさん》、良馬《りょうば》逐《お》う。艱貞《かんてい》に利《よろ》し。日《ひ》に輿衛《よえい》を閑《なら》えば、往《ゆ》く攸《ところ》有《あ》るに利《よろ》し。
六四《りくし》、童牛《どうぎゅう》の牿《こく》なり。元《おお》いに吉《きつ》。
六五《りくご》、豶豕《ふんし》の牙《が》なり。吉《きつ》。
上九《しょうきゅう》、天《てん》の衢《ちまた》を何《お》う。亨《とお》る。

解釈

「大畜」は、艮（止）を以て乾（健）を止《とど》め、大（上九）を以て大（三陽）を止めるの卦である。下三陽（乾）は剛健で、その上進するのを制止し難いが、艮止の大正によって制止しうる。よって、よろしく貞正を固く守るべきである。いたずらに家居することなく、出でて君の禄を食《は》めば、吉である。三陽に躁進するの失《しつ》はないので、大川を渡るがごとき危険を犯してもよく、大事を決行するにはよい占である。

初九は「大畜」の初めで、六四により畜止される。その性の剛健を以て上進せんとすれば、危険に陥る結果となる。やめて止まるがよろしい。

九二もまた正応の六五に畜止される。剛健にして中道を得ているので、自ら止まって上進しようとはしない。それは車がその輹（とこしばり）を解いて進み行かないという象である。

九三は乾健の極、上九は艮止の終りで、敵応であるから畜止されることがなく、相共に進み行く。それは良馬が競い走るの象であるが、それだけに艱難辛苦して貞正の道によるべきである。日々、車輿を御し防衛の術を習うようにすれば、進んで事を行ってもよろしい。

六四は上卦艮止の初めで、位正しく初九に正応があるので、これを畜止する。それは童牛（子牛）の牿（つのぎ）をつけた象である。災害を未然に防ぐもので、その占は大善の吉である。

六五は柔中で尊位にあり、正応九二の上進を畜止するものである。それは去勢した豕の牙の象であり、人を傷い害することはないので、吉である。

上九は艮止の終り「大畜」の極で、敵応九三の上進を阻止できず、相共に進み行く。それは天上の大道を背負うがごときの象である。四達して何の障害もないので、その占は、万事願い通りに事がうまく運ぶ。

背景 「小畜」に対して「大畜」と称する。大は陽、小は陰、「畜」は止《とど》めるの意。上九の一陽は下の三陽を畜《とど》め、上の艮（陽）は下の乾（陽）を畜めている。陽をもって陽を畜めるので「大畜」と称する。九三「輿衛《よえい》」は、車輿と防衛。「閑」は習う。六四「童牛」は角の生えきらない子牛。「牿《こく》」は、牛のつのぎ、つのよけ。子牛の角先につけ、人に触れて害するのを防ぐための横木。六五「豶《ふん》」は豕《いのこ》を去勢する意。上九「衢《く》」はちまた。四通八達し障害のない道路。「何」は負う。

(27) 頤《い》 ䷚ 震下艮上 （山雷頤《さんらいい》）

本文 頤《い》は、貞《ただ》しければ吉《きつ》。頤《い》を観《み》て、自《みずか》ら口実《こうじつ》を求《もと》む。

初九《しょきゅう》、爾《なんじ》の霊亀《れいき》を舎《す》てて、我《われ》を観《み》て、頤《おとがい》を朶《た》る。凶《きょう》。

六二《りくじ》、顚《さかしま》にや頤《やしな》わるれば、経《つね》に払《もと》る。丘《おか》に于《おい》て頤《やしな》わるれば、征《ゆ》きて凶《きょう》。

六三《りくさん》、頤《い》の貞《てい》に払《もと》る。凶《きょう》。十年《じゅうねん》用《もち》うる勿《なか》れ。利《よろ》しき攸《ところ》无《な》し。

六四《りくし》、顚《さかしま》に頤《やしな》わる。吉《きつ》。虎視《こし》眈眈《たんたん》たり、其《そ》の欲逐逐《よくちくちく》たり。咎《とが》无《な》し。

六五《りくご》、経《つね》に払《もと》る。貞《てい》に居《お》れば吉《きつ》。大川《たいせん》を渉《わた》る可《べ》からず。

上九《しょうきゅう》、由《よ》りて頤《やしな》わる。厲《あやう》けれども吉《きつ》。大川《たいせん》を渉《わた》るに利《よろ》し。


解釈 「頤」は、上下の二陽が内に四陰を含む卦形で、外は実、内は虚、上は止まり下が動くことを示し、頷《あご》の象である。身を養うのは頷によるので、「頤」は養うの義となる。そこで、「頤」の道は、常に貞正であれば吉である。この占辞は、人を養うの道をよく観て、己を養うの道をよく察するについて説くものである。

　初九は陽剛で「頤」の下体、震動の初めに居る。六四に正応があるが、自ら養うに足る素質を持つ。然るに六四に応ぜんとして動く。そこで自らの霊亀（明智）を捨てて我（六四）を見て、物欲しげに頤《おとがい》を垂れている象である。勿論、凶の占である。

　六二は中正であるが、陰柔で自ら養うことが出来ず、必ず陽剛による。六二は初九に乗じているので、若し顚倒して下に養われようとすれば常道に悖《もと》る。若しまた、上の丘（上九）に於て養われようとして、往けば必ず凶である。

　六三は不中不正で、下体震動の極に居る。陰柔の身を以て、正応の陽剛（上九）に養われようと軽々しく動くのは、「頤」の貞正の道に悖り、凶である。十年の久しきに至るも、遂に施行するところはないので、妄りに動いてはならない。少しもよろしいところはない。

六四は陰柔で位正しく上体艮止の初めに居り、下に正応の陽剛（初九）がある。そこで顚倒してこれに養われんことを求めるのは、その道を以てするもので、吉である。それは虎（六四）が下（初）をじっと見つめて、人を養わんとする志を追求し継続して止まないさまである。何の咎もない。

六五は柔中で君位にあるが、陰柔不正で万民を養い得ず、上九の賢者に頼って養う。これは「頤」の常道に反するものである。然し上九に従うことに貞正を固守すれば吉である。然らずして自ら用いて人を養うのは、大川を渉るが如き危険を犯すことになり、不可である。

上九は陽剛にして上にあり「頤」の主爻、六五の倚任を得てよく万民を養う。そこで、己によって養われるが、よく恐懼してその任に当たれば吉である。大川を渉るが如き危険を犯しても、進んで天下の危難を救うがよい。

背景　「頤」はおとがい。**卦辞**「頤を観る」とは、人を養う道をよく観る。「自ら口実を求む」とは、己を養う道をよく察する。**初九**　人を養うものは「陽」、人に養われるものは「陰」。初九は陽でありながら、六四（我）に養われようとするので、凶。「霊亀《れいき》」は、霊妙な徳ある亀で明智にたとえる。「朶」は垂れる。**六二**「経に払《もと》る」は、頤の常道に悖る。**六四**「顚《さかしま》に頤《やしな》わる」は、上をもって下の養を求めること。「其の欲」は、六四が初九に求めて人を養おうとする志。「逐逐《ちくちく》」は、追求しつづける。［上九］「由《よ》りて頤《やしな》わる」は、己に由りて養われるの意。

（28）大過《たいか》 ䷛ 巽下兌上（沢風大過《たくふうたいか》）

［本文］大過《たいか》は、棟橈《むなぎたわ》む。往《ゆ》く攸有《ところあ》るに利《よろ》し。亨《とお》る。

初六《しょりく》、藉《し》くに白茅《はくぼう》を用《もち》う。咎无《とがな》し。

九二《きゅうじ》、枯楊《こよう》、稊《ひこばえ》を生《しょう》ず。老夫《ろうふ》にして其《そ》の女妻《じょさい》を得《え》たり。利《よろ》しからざる无《な》し。

九三《きゅうさん》、棟橈《むなぎたわ》む。凶《きょう》。

九四《きゅうし》、棟隆《むなぎたか》し。吉《きつ》。它有《たあ》れば、吝《りん》。

九五《きゅうご》、枯楊《こよう》、華《はな》を生《しょう》ず。老婦《ろうふ》にして其《そ》の士夫《しふ》を得《え》たり。咎《とが》も无《な》く誉《ほまれ》も无《な》し。

上六《しょうりく》、過《す》ぎて渉《わた》り頂《いただき》を滅《めつ》す。凶《きょう》なれども、咎无《とがな》し。

［解釈］「大過」は、「大（陽）なるものが過ぎている」の卦で、四陽が中に過ぎて、上下の二陰は弱く、その重圧に堪えない卦形である。そこで「棟が橈む」の象がある。この難を救うべく進んで往くによい。そしてこそ諸事思い通りに運ぶのである。

初六は「大過」の最下に居り、巽順の主である。それは祭祀に清潔な茅を地に敷いて、酒を縮《した》み祭器を置くに用いるの象で、卑順にして敬慎の至りであることを示すもので、剛強に過ぎる「大過」の時に当たっても、咎を受けるようなことはない。

九二は剛中柔位、初六と親比し剛の過ぎるを救う。枯楊が、ひこばえ（稊）を生じて生気に満ち、年老いた夫（九二）が、年若き妻（初六）を得た象であり、なおよく生育の功を成す。「大過」の剛に過ぎるを救うので、いかなることにもよろしい。

九三は剛爻剛位で躁卦（巽）の極に居る。本末の弱い「大過」にあって、最も剛に過ぎるものである。そこで「棟が橈む」の象があり、その占は、言うまでもなく凶である。

九四は剛爻柔位で、剛ではあるが剛に過ぎないとされる。そこで「棟隆し」の象であり、その占は吉である。然し、若し他心（九三に与せんとする）を抱くようであれば、羞吝を招くであろう。

九五は陽剛中正で尊位に居り、上六と親比する。それは枯楊があだ花を咲かせたようで、かえって生気を衰えさせる。老婦（上六）に惑わされて娶った士夫（九五）の象である。咎もないが、誉められたことではない。

上六は陰柔で「大過」の極に居り、力弱く険難を救うには足らない。そこで行き過ぎて河を渡り頭の頂きを水中に滅没してしまうの象である。これは、険難を救うために身を殺すに至ったもので、凶ではあるが、その志は、義において咎はない。

背景 「大過」は、「大」は陽（「小」は陰）、「過」は過ぎる。四陽二陰で、四陽が中に聚っている。陽（大）が過ぎているので大過と称する。小過《しょうか》䷽は二陽四陰。九二「枯楊《こよう》」は、楊《かわやなぎ》は川や沢のほとりに生ずるが、陽の過ぎたときであるから枯楊という。「稊」は蘖《ひこばえ》。根株から生ずる新芽。生気に溢れる。九三 九三・九四は棟木の中心部。九三は剛をもって剛におり、その重さに耐えきれない躁急な象。九四「棟隆《むなぎたか》し」とは、棟木が曲がることなく、隆然《りゅうぜん》として高くそびえている。

(29) 習坎《しゅうかん》 ䷜ 坎下坎上 （坎為水《かんいすい》）

本文 習坎《しゅうかん》は、孚《まことあ》有り、心《こころ》を維《つな》げば亨《とお》る。行《ゆ》けば尚《たす》くる有《あ》り。
初六《しょりく》、習坎《しゅうかん》にして、坎窞《かんたん》に入《い》る。凶《きょう》。
九二《きゅうじ》、坎《かん》にして険有《けんあ》り。求《もと》むれば小《すこ》しく得《う》。
六三《りくさん》、来《きた》るも之《ゆ》くも坎坎《かんかん》たり。険《けん》にして且《か》つ沈《ふか》し、坎窞《かんたん》に入《い》る。用《もち》うること勿《なか》れ。
六四《りくし》、樽酒《そんしゅ》に簋《き》あり、弐《そ》うるに缶《ほとぎ》を用《もち》う。約《やく》を納《い》るるに牖自《まどよ》りす。終《つい》に咎《とが》无《な》し。
九五《きゅうご》、坎《あな》に盈《み》たず、既《すで》に平《たい》らかなるに祗《いた》る。咎《とが》无《な》し。
上六《しょうりく》、係《つな》ぐに徽《き》纆《ぼく》を用《もち》いて、叢棘《そうきょく》に寘《お》く。三歳《さんさい》まで得《え》ず。凶《きょう》。

解釈　「習坎」は重なる坎で、「坎」は中実外虚の卦形である。この中実（剛中）により、内に信実がある。この中実を繋げば、その心は険難の中をもよく亨通する。剛中の道を以て行くので、同類相助けるの助けがある。

初六は陰柔不正で「習坎」の最下に居る。これは重険の中に在りて、更に坎《あな》の中の坎《あな》に陥っている象である。その占は、言うまでもなく凶である。

九二は陽剛不正であるが剛中である。重険の中に在って更に険があるの象である。然し剛中の徳があるので、自ら求めれば少しは得るところがある。

六三は陰柔不正で上下の間に居る。下に下り来るも坎、上に上り往くも坎で、進退共に労苦する。それは険阻である上に更に深く、坎中の坎《あな》に陥っているからである。動けばますます深みに陥るから、その占は用いる勿れで時を待つべきである。

六四は陰柔正位で六五の君に親比している。その誠心を示すに、一樽の酒と一簋の食に、素焼きの缶を添えるという薄礼で、その誠心を結び入れるにも、通じやすい明かり窓からする。この象のようにすれば、その占は初め険難でも、遂には何の咎もない。

九五は陽剛中正で君位に居る。それは坎《あな》にまだ満ちていない象である。満つれば平らかになり、外に出て険を脱する。然し剛中であるから、既に平らかなるに至る望みがあり、その占は何の咎もない。

上六は陰柔を以て坎険の極に居る。その険に深く陥っているさまは獄舎に繋がれている象がある。繋ぐに、黒い索（徽や纆）を用いて、いばらの群がる叢棘（獄舎）に縛られている象である。三年の間、罪を悔い改める道を得ないというのは、凶である。

背景 「坎」は陥《あな》・穴に陥る・険難。「習」は重ねる・重なる。習坎は坎を重ねた「重坎」、険中にまた険があることを意味する。**初六**「窞《たん》」は坎《あな》の中にある小さい坎。**六三**「坎坎《かんかん》」は労するさま。**六四** 陰柔正位であるが、下に応ずる助けはない。六五の君に近く親比するが、大臣の位で険難の時にあり、それを救う才もない。誠心を尽くして君に信ぜられるよりほかはない。「簋《き》」は黍稷《しょしょく》を盛る内方外円の祭器。「弐」は副《そ》える・益す。「約《やく》を納《い》る」は、君（九五）に誠心を結び入れること。**上六**「徽纆《きぼく》」は罪人を繋《つな》ぐ黒いなわ。「寘《ち》」は置く。「叢棘《そうきょく》」はいばらの群がり生えている所。罪人の逃亡を防ぐ。

(30) 離《り》 ䷝ 離下離上（離為火《りいか》）

本文 離《り》は、貞《ただ》しきに利《よろ》しくして、亨《とお》る。牝牛《ひんぎゅう》を畜《やしな》えば、吉《きつ》。

初九《しょきゅう》、履《ふ》むこと錯然《さくぜん》たり。之《これ》を敬《けい》すれば、咎《とが》无《な》し。

六二《りくじ》、黄離《こうり》なり。元《おお》いに吉《きつ》。

九三《きゅうさん》、日《ひ》昃《かたむ》くの離《り》なり。缶《ふ》を鼓《こ》して歌《うた》わざれば、則《すなわ》ち大耋《たいてつ》の嗟《なげき》あらん。凶《きょう》。

九四《きゅうし》、突如《とつじょ》として其《そ》れ来如《らいじょ》たり。焚如《ふんじょ》たり、死如《しじょ》たり、棄如《きじょ》たり。

六五《りくご》、涕《なみだ》を出《い》だすこと沱若《たじゃく》たり。戚《うれ》うること嗟若《さじゃく》たり。吉《きつ》。

上九《しょうきゅう》、王《おう》用《もち》いて出《い》でて征《せい》せしむ。嘉《よみ》すること有《あ》り首《かしら》を折《くじ》く。獲《う》ること其《そ》の醜《たぐい》に匪《あら》ず、咎《とが》无《な》し。

解釈　「離」とは麗《つ》くの義である。人事に於ては、その麗くところを誤らないようにし、何事にも貞正を守るのがよく、然る後にその事がよく亨る。

初九は陽剛で「離」の最下に居り、六二の跡を履んで進み、これに交わらんとする象である。そこで妄動することなく、行動を慎めば、咎はない。

「離」の二五はいずれも中を得、六二は特に中正に附いて卦主となっている。そこで黄離（黄は中の色）の象を示す。諸事に大吉である。

九三は陽剛正位であるが不中で、上下の離（明）の間に居る。そこで、日（離）が西に傾いた離（明）の象である。（天の常理に安んじ、）缶を撃って歌い天命を楽しまなければ、衰えた老人になったとき、徒らに衰残を嘆くばかりであろう。それでは凶である。

九四は陽剛で不中不正、明を継ぐべく六五の柔に急迫する象を示す。それは突如として来り迫るもので、焚死して棄て去られる憂目に遇う。（凶を言わずして、当然凶である。）

六五は陰柔で尊位にあるが、正応もなく上下の二剛に迫られて憂懼する象を示す。それは涙をしきりに垂れて深く憂え嘆くばかりである。然し憂懼して戒慎するので、結局は吉である。

上九は「離」の終り、剛明の極である。王（六五）は剛明の上九を用いて、出でて附き従わない罪人を征伐せしめる。（上九が離火炎上の極、附き従わない点からは、王はこの上九を親征する、）嘉《よみ》すべきは敵の首領を摧くことにあり、脅《おびや》かされて従った同類を捕え獲ることではない。かく濫りに刑罰を行わない故に、咎を受けることはない。

背景 「離」は麗《り》・附《つ》く。上下の主爻の二陰（六二・六五）が「明」を重ねて「重明」であり、上下が明徳をもってよく正道に附いていることを示す。人事にあっては親附するところの人、由るところの道、主とするところの事も、皆その麗《つ》くところである。初九「錯然《さくぜん》」は入り交じるさま。九三「缶」はほとぎ、質素な器。「缶を鼓《う》ちて歌う」とは、常理を知って、安んじ楽しむこと。「大耋《たいてつ》」は年きわめた老人。「嗟」は嘆き。六五「沱若《たじゃく》」は、涙のポタポタと垂れるさま。「嗟若《さじゃく》」は、ああと嘆くさま。

(31) 咸《かん》 ☱☶ 艮下兌上 (沢山咸《たくさんかん》)

本文

咸《かん》は、亨《とお》る。貞《ただ》しきに利《よろ》し。女《じょ》を取《めと》るは、吉《きつ》。

初六《しょりく》、其《そ》の拇《おやゆび》に咸《かん》ず。

六二《りくじ》、其《そ》の腓《こむら》に咸《かん》ず。凶《きょう》、居《お》れば吉《きつ》。

九三《きゅうさん》、其《そ》の股《もも》に咸《かん》ず。其《そ》の随《したが》うを執《と》る。往《ゆ》けば吝《りん》。

九四《きゅうし》、貞《ただ》しければ吉《きつ》にして、悔《く》い亡《ほろ》ぶ。憧憧《しょうしょう》として往来《おうらい》すれば、朋《とも》のみ爾《なんじ》の思《おも》いに従《したが》わん。

九五《きゅうご》、其《そ》の脢《せじし》に咸《かん》ず。悔《く》い无《な》し。

上六《じょうりく》、其《そ》の輔《ほ》頬《きょう》 舌《ぜつ》に咸《かん》ず。

解釈

「咸」は上下の二気が相感・交感することを示している卦、従って「咸」は、諸事よく亨通する。然しその道はあくまでも貞正であるべきである。下体の少男と上体の少女とが感応することを示しているので、女を娶るには吉の占である。

「咸」は人身に象を取り、上卦は上体に、下卦は下体に象り、下体より上体に及ぶ。

初六は下体の初で最下の地に居る。そこで「足のおやゆび」(拇)に感ずるの象である(感ずることはまだ浅く、動き進まんとして進み得ない)。

六二は陰柔で位正しく下体の「中」に居り、上体の九五に正応がある。初六より一段上り、その「こむら」(腓)に感ずるの象である。「こむら」は、進み行くに先ず感じ動く場所であるから、動き進めば「凶」である。然し陰柔中正であり、動かずして静に居れば、その占は「吉」である。

九三は陽爻正位で、下体(足)の上、上体(身)の下に居り、下卦の主爻で上卦の主爻上六と正応である。そこで「足」の上部の「もも」(股)に感ずるの象である。然し「もも」は「足」に随って動くもので自主性はない。従って己に随う下の二陰(初六・六二)を執り守るばかりであり、動き往けば当然、羞吝を招くこととなる。

九四は下体より上り、上体の初めに居る。咸卦の「中」に位し人身の「心」に当たる。咸卦の主であるが、陽爻陰位で位不正であり、同じく位不正の初六と正応である。上下交感の初めに当たるので、貞正であれば「吉」を得、従って悔いも消滅する。憧憧として心が動いて定まらず、うろうろするので、ただ自分の同類(初六)が従うだけで、広く遠くまで感応させることはできない。

九五は中正で尊位に居り、六二と正応、上六と「比」である。そこで「せじし」(脢)に感ずるの象を取る。「脢」は「心」(九四)の背後に当たり物を感ずることができないものであるから、これに私感することがなく、正応の六二、「比」の上六にも私係することもない。そこで、その占は悔いなしである。

上六は陰柔で「咸」の極、上体「兌」の主爻で、その象は「口舌」（説卦伝）である。そこで「輔」（上あご）・「頬」（ほほ）・「舌」（した）に感ずるの象である。物に感じて、すぐに口に出して言うので実はない。

背景 「咸」は感ずる。**卦辞**「女《じょ》を取《めと》る」とは、下卦の艮☶は少男、上卦の兌☱は少女（説卦伝）、少男が下にあり少女が上におり、少男が少女に下り、女を娶ることを示す。**初六**「咸」の初めで、卦の最も下にいる。咸卦には人身の象があり、拇《あしのおやゆび》（初）→腓《ふくらはぎ》（二）→股《もも》（三）→心・心臓（四）→脢《せじし》（五）→輔《あご》・頬《ほお》・舌（上）と、感ずることの深浅を表す。**九三**「其の随うを執る」とは、己に随う下二爻を執り守るの義。「九三」は下体の主爻でありながら自主性に乏しく、下二爻にしたがって動く象。**九四**「憧憧《しょうしょう》」は心が動いて定まらない。**九五**「脢」はせじし（背肉）。心（九四）の上、口（上六）の下に在る。

(32) 恒《こう》 ䷟ 巽下震上（雷風恒《らいふうこう》）

本文 恒《こう》は、亨《とお》りて、咎无《とがな》し。貞《ただ》しきに利《よろ》し。往《ゆ》く攸有《ところあ》るに利《よろ》し。

初六《しよりく》、浚《ふか》く恒《つね》にす。貞《ただ》しけれども凶《きよう》。利《よろ》しき攸《ところな》无し。
九二《きゆうじ》、悔《く》い亡《ほろ》ぶ。
九三《きゆうさん》、其《そ》の徳《とく》を恒《つね》にせざれば、或《ある》いは之《これ》に羞《はじ》を承《すす》む。貞《ただ》しけれども吝《りん》あり。
九四《きゆうし》、田《かり》して禽《えもの》无《な》し。
六五《りくご》、其《そ》の徳《とく》を恒《つね》にして、貞《ただ》し。婦人《ふじん》は吉《きつ》、夫子《ふうし》は凶《きよう》。
上六《しようりく》、振《ふる》うこと恒《つね》にす。凶《きよう》。

解釈　「恒」は、常久の意である。この常久の道は、諸事亨通し思い通りに成就して、何の咎も被ることはない。それには必ず貞正を固く守るべきである。この常久の道を得ておれば、何事をも進んで行なってよろしい。

初六は「恒」の初め、陰柔不正で下体巽（入）の主爻、九四がその正応である。そこで柔暗の身で、深入りして理の常（正応九四）を求めすぎるの象である。その占は、たとい貞正を固守しても凶である。諸事、よろしいことは何もない。

九二は陽剛不正であるが剛中であり、六五の柔中に正応がある。そこで剛中の徳を恒久に保っているとして、その占は、後悔することも消滅するとされる。

九三は過剛不中で、志すところは正応上六にあり、久しくその地に止まっておられない。そこで、その徳を常久にしていないと、人から思わぬ恥辱を与えられることになるとの象である。従ってその占は、貞正を守っていても、羞吝を招くことになる。

九四は不中不正で、上体震（動）の主爻であるので、「常あらず」の象を示す。それは田猟を行なっても何の獲物も得られない象である。

六五は位は不正であるが、上体の「中」を得て下体の剛中九二に正応がある。そこで柔中の徳があるとし、その柔中の徳を常久にして、貞正を固守するの象である。その柔中の徳は婦人の道であるので、占者が婦人であれば吉であるが、夫子（夫）であれば凶である。

上六は「恒」の極、震（動）の終りにあり、陰柔で安んじていないもの。そこで振動するを常として止まない象である。その占は、勿論、凶である。

背景　「恒」は「久」と「常」との二義で、久しくて変わらないこと。震（長男）が巽（長女）の上にあり外にあって動き、巽（長女）は内にあって家を治める象。夫婦の常久の道を示している。内順（巽）外動（震）で、内は順従し外は大いに活動して、内外の情が相通ずる。**初六**「浚」は、川や井戸の底の土をさらえて深くするの意。「浚《ふか》く恒《つね》にす」とは、深入りして常の理（九四との正応）を求めすぎること。**九四**「田」は田猟。春の狩りを「田」、夏のを「苗」、秋のを「蒐《しゅう》」、冬のを「狩」と称す。「田」はその総名である。

（33）遯《とん》 ䷠ 艮下乾上（天山遯《てんざんとん》）

本文　遯《とん》は、亨《とお》る。小《しょう》は貞《ただ》しきに利《よろ》し。
初六《しょりく》、遯《とん》の尾《しりえ》なり。厲《あやう》し。往《ゆ》く攸有《ところあ》るに用《もち》うること勿《なか》れ。
六二《りくじ》、之《これ》を執《と》らうるに黄牛《こうぎゅう》の革《かわ》を用《もち》う。之《これ》を説《と》くに勝《た》うる莫《な》し。
九三《きゅうさん》、係遯《けいとん》す。疾有《やまいあ》りて厲《あやう》し。臣妾《しんしょう》を畜《やしな》うには吉《きつ》。
九四《きゅうし》、好遯《こうとん》す。君子《くんし》は吉《きつ》、小人《しょうじん》は否《しか》らず。
九五《きゅうご》、嘉遯《かとん》す。貞《ただ》しくして吉《きつ》。
上九《しょうきゅう》、肥遯《ひとん》す。利《よろ》しからざる无《な》し。

解釈　「遯」は退避するの意である。卦は陰が下に漸進し二陰に長じて上の陽に迫らんとする勢いを示している。そこで陽（君子）としては、退避すべき時には退避して、その道を全うするのである。従って遯の道は、諸事思い通りに亨通する。小（陰）としては、その勢いに乗ずることなく、よく貞正を守るのがよろしいとの占である。

初六は陰柔不正で、遯の義に於てはその最後尾となる。四陽の遯（逃）れる遯の時に当たり、陰の浸長する勢いを以てこれを引き止めんとするので、自らも危ういとの占である。従って俄かに進んで往くことがあってはよろしくない。

六二は陰柔中正で二陰浸長の主であり、上の剛健中正の九五と正応である。六二は下体の艮止を以て遯れんとする四陽の主九五に迫り、これを引き止めんとする。その九五を捕らえて止めんとすることは、黄牛の皮ひもを固く結んで、何人も解き放つことができないほどである。

九三は陽剛正位で上に正応はないが、遯の時に当たる。然るに下の六二と陰陽親比して、これに繋がって止（艮）まらんとするが、然し遯れるべき時である。陰に繋がる病で、危ういありさまである。身辺の雑務に従事する奴婢を養うような小事には吉である。

九四は陽剛で位不正であるが、初六に正応がある。これを好愛するが、乾体の剛健を以て、よくこれを絶ち切って遯れる。これは君子にして始めて可能であり、従って吉である。小人はそれが不可能であるから、吉ではない。

九五は陽剛中正で、下体の柔順中正の六二に正応である。その遯れることは、中正の道を得ているので、遯の嘉美なるものである。故に貞正にして吉である。

上九は乾体の陽剛を以て外卦の極、その最上にあり、内卦に陰柔の係応はない。そこで余裕を以て心遠く退避する。従っていかなることにもよろしくないということはない。

背景　「遯」は、退く・避く・去る。卦辞「小」は陰、小人の道。初六 初爻は尾・後、上爻は首・先。六二「黄」は中の色、「牛」は順の物、「革」は堅固の物。「説」は脱・解。九三「疾」は六二の陰に患わされる病。「臣妾」は奴婢。九四「好」は、初六（正応）に心が引かれること。小人は私情にとらわれ、逃れられない。九五「嘉」は美。中正の道を得ているので、私情に引かれず、九四の「好」より優れている。「遯」の最も嘉美なるもの。上九「肥」は裕・饒。上九は内卦の陰柔にとらわれるものもなく、余裕をもって退避することができる。

(34) 大壮《たいそう》 ䷡ 乾下震上（雷天大壮《らいてんたいそう》）

本文

大壮《たいそう》は、貞《ただ》しきに利《よろ》し。

初九《しょきゅう》、趾《あし》に壮《さか》んなり。征《ゆ》けば凶《きょう》なること、孚有《まことあ》り。

九二《きゅうじ》、貞《ただ》しければ吉《きつ》。

九三《きゅうさん》、小人《しょうじん》は壮《そう》を用《もち》い、君子《くんし》は罔《な》きを用《もち》う。貞《ただ》しけれども厲《あやう》し。羝羊《ていよう》、藩《まがき》に触《ふ》れて、其《そ》の角《つの》を羸《くる》しましむ。

九四《きゅうし》、貞《ただ》しければ吉《きつ》にして、悔《く》い亡《ほろ》ぶ。藩決《まがきひら》けて羸《くる》しまず。大輿《たいよ》の輹《とこしばり》に壮《さか》んなり。

六五《りくご》、羊《ひつじ》を易《えき》に喪《うしな》う。悔《く》い无《な》し。

上六《しょうりく》、羝羊《ていよう》、藩《まがき》に触《ふ》れて、退《しりぞ》くこと能《あた》わず、遂《すす》むこと能《あた》わず。利《よろ》しき攸无《ところな》し。艱《くる》しめば則《すなわ》ち吉《きつ》。

解釈 「大壮」は、「大」(陽)なるものが壮んであること。陽が盛長して中を過ぎ、四陽の壮盛に至ったことを意味する。然し陽剛壮盛で進動を好み時を待てぬ恐れがある。そこで、その壮を用いず、貞正なることを固く守るのがよろしい。

初九は卦の最下に居り陽剛正位、大(陽)なるものが壮盛ならんとする時に当たり、動き進まんとするもの。趾(あしくび)に壮んなるの象である。その勢いに任せて進み往けば凶なることは必定である。

九二は陽剛を以て陰位に居るので位は不正であるが、下体の「中」を得て居り、上体の「中」六五に正応である。壮盛の時に当たり、乾剛を以てよく柔の道を行なうものである。そこで貞正を固守すれば吉である。

九三は陽剛陽位で位は「正」であるが「中」を得ず、下体乾剛の極に居り、壮の又壮なるものである。この壮盛の時に当たり、小人はなおその壮を用いて進まんとするが、君子は壮を用いることはない。それでなくても壮盛の極であるから、貞正を固く守っていても危ない時である。それはあたかも牡羊が暴走して垣根に突っ込み、その角を引っかけて苦しんでいるようなありさまである。

九四は四陽壮盛の極にあるが、陽剛を以て陰位に居るので、むしろ進み往くを貴ぶ。貞正を固守して居れば吉で、悔いも消滅するとの占である。その象は「まがき」（藩籬）が前に開けて、その角を引っかけて苦しむこともなく、高大な車の「とこしばり」（輹・輻）が強壮で進み往くに壮んなありさまである。

六五は陰柔不正であるが中を得て君位に居る。九四で「まがき」が開け、六五はその開けた「まがき」を意味する。その開けた「まがき」の故に、覚えず境界のあたりで羊を見失ってしまうのである。然し悔いは残らない。

上六は大壮卦の終り壮動の極にあり、陰爻陰位であるが、九三に同じく「羝羊触レ藩」の象を取る。この象が卦全体の象であり、上六に於てこのことを説かんがためである。ただ羝羊が籬にその角を引っかけて、退くこともできず、進み行くこともできないありさまである。ただ壮を用いるのみでは、諸事うまくは運ばない。この立場をよく弁えて慎重に行動すればやがて吉を得る。

背景　大壮の「大」は陽、「壮」は盛。大壮は四陽二陰、下から陽が次第に伸びてついに盛んになることを示す。初九「趾」は、卦の最下にあるため、足・足首を言う。「孚有り」は、必ずそうなる、必定。九三「君子は罔《な》きを用う」とは、君子は壮盛の勢いを用いない。「罔」は无・不。「羝羊《ていよう》」は牡羊《おひつじ》。「藩」は籬《まがき》、垣根。「羸」は困《くる》しむ。九四「決」は開く。「輹」は軸《とこ》しばり。六五「易《えき》」は疆場《きょうえき》・界《さかい》。上六 九四に妨げられて九三（正応）の助けが得られない。「退くこと能わず」

とは、退いて九三に応ずることもできない。「遂」は進みゆく。

（35）晋《しん》 ☲☷ 坤下離上（火地晋《かちしん》）

本文　晋《しん》は、康侯《こうこう》用《もつ》て馬《うま》を錫《たま》わること蕃庶《はんしょ》たり。昼日《ちゆうじつ》に三《み》たび接《せつ》せらる。

初六《しょりく》、晋如《しんじょ》たり摧如《さいじょ》たり、貞《ただ》しければ吉《きつ》。孚《まこと》とせらるる罔《な》きも、裕《ゆた》かなるときは咎无《とがな》し。

六二《りくじ》、晋如《しんじょ》たり愁如《しゅうじょ》たり、貞《ただ》しければ吉《きつ》。茲《こ》の介福《かいふく》を其《そ》の王母《おうぼ》に受《う》く。

六三《りくさん》、衆《しゅう》、允《まこと》とす。悔《く》い亡《ほろ》ぶ。

九四《きゅうし》、晋如《しんじょ》たり鼫鼠《せきそ》なり。貞《ただ》しけれども厲《あやう》し。

六五《りくご》、悔《く》い亡《ほろ》ぶ。失得《しっとく》恤《うれ》うること勿《なか》れ。往《ゆ》けば吉《きつ》にして、利《よろ》しからざる无《な》し。

上九《じょうきゅう》、其《そ》の角《つの》に晋《すす》む。維《こ》れ用《もち》いて邑《ゆう》を伐《う》つ、厲《あやう》けれども吉《きつ》にして咎无《とがな》し。貞《ただ》しけれども吝《りん》あり。

解釈　「晋」は四陰二陽の卦、六四（観卦）の柔が進み長じて、柔中で君位に居る六五（晋卦）となる。「晋」の名義は「進み長ずる」の意で、進み長じた六五が卦主で、「康侯」に擬して説かれる。一国の民を治め安んずる「康侯」であるから、上からは多数の車馬を賜り、その上に昼日（離の象）の間に三度も接見の親礼を被むるありさまである。

初六は陰柔不正で、晋卦（進む）の最下にあり、正応の九四もまた位不正である。それは晋如として進まんとするが、摧如として退けられる象を示す。然し貞正な態度を固く守っておればやがて吉である。初めは人に信ぜられなくとも、寛裕な態度でおれば何の咎もない。

六二は陰柔中正であるが、上の六五は陰柔で中不正であるから相応ずることができない。そこで晋如として進み上らんとするが、愁如として憂えるありさまである。然し貞正な態度を守っておれば、やがては吉である。そして、この大いなる福（さいわい）をその王母（亡き祖母、六五を指す）より受けるであろう。

六三は陰柔で不中不正、よろしく「悔い有り」であるが、下体坤の極に居り、上進せんとする下二陰を率いて先進する。そこで衆陰の信ずるところとなり「悔い亡ぶ」に至るのである。

九四は陽剛で位不正であり、下体の坤順を出て上体の離明に進み、すでに「晋」の柔順の道を失っている。そこで晋如として進むが、遂には窮する「鼫鼠」（五技鼠）の象を採る。たとい貞正を守っても、その心を頑固にしていては、必ず危ういことになる。

六五は陰柔で尊位に居り、位不正で下に正応もない。本来ならば「悔い有り」であるが、居中離明で大明の徳を持ち下三陰が順付しているので「悔い亡ぶ」である。失得成敗も憂うるには足らない。進んで行なえば吉で、よろしからざることはないとの占である。

上九は剛爻で卦の最も上、その極に居り、剛に過ぎて進むの極にある。そこで最も上の角《つの》に進むの象である。その私邑を討伐するに用いれば、剛進の故に危ういことがあるが、遂には吉を得て咎はない。然しいかに貞正を固守しても、本来、安和の道ではないので、羞吝があるはずである。

背景　「晋」は進む。卦辞「康侯」は、「康」は安んずる。六五を指す。「蕃庶《はんしょ》」は、おおい（衆多）。「蕃」は多、「庶」は衆《おおい》。初六「晋如《しんじょ》」は進むさま。「摧如《さいじょ》」は退くさま。「孚《まこと》とせらるる罔《な》き」とは、上には信ぜられないの意。六二「愁如《しゅうじょ》」は憂えるさま。「兹」は、この・これ。「介福《かいふく》」は大なる福。「介」は大。「王母」は亡き祖母（六五）。六三「衆」は、坤の象。下体の三陰（初六・六二・六三）を指す。「允」は誠・信。九四「鼫鼠《せきそ》」はムササビ。上九「角」は剛にして上にある。上九の象。「邑を伐つ」は、邑は私邑、自分の領地内の服従しない者に限って征伐する。

(36) 明夷《めいい》 ䷣ 離下坤上（地《ち》火《か》明夷《めいい》）

本文　明夷《めいい》は、艱貞《かんてい》に利《よろ》し。
初九《しょきゅう》、明夷《めいやぶ》れ、于《ゆ》き飛《と》んで其《そ》の翼《つばさ》を垂《た》る。君子《くんし》于《ゆ》き行《ゆ》きて、三日《みっか》食《くら》わず。往《ゆ》く攸《ところ》有《あ》れば、主人《しゅじん》言《げん》有《あ》り。

六二《りくじ》、明夷《めいやぶ》れ、左《ひだり》の股《もも》を夷《やぶ》る。用《もっ》て拯《すく》うに馬壮《うまさか》んなれば、吉《きつ》。
九三《きゅうさん》、明夷《めいやぶ》れ、于《ゆ》きて南狩《なんしゅ》し、其《そ》の大首《たいしゅ》を得《え》たり。疾《と》く貞《ただ》しくす可《べ》からず。
六四《りくし》、左腹《さふく》に入《い》る。明夷《めいい》の心《こころ》を獲《え》て、于《ゆ》きて門庭《もんてい》を出《い》ず。
六五《りくご》、箕子《きし》の明夷《めいやぶ》る。貞《ただ》しきに利《よろ》し。
上六《しょうりく》、明《めい》ならずして晦《くら》し。初《はじ》めは天《てん》に登《のぼ》り、後《のち》には地《ち》に入《い》る。

解釈　「明夷」は離下坤上の卦、離日が坤地の下にあり、明、地中に入るの象とされる。よって明、夷《やぶ》るの卦という。この時に当たっては、艱難辛苦して貞正の道を固守するのがよい。

初九は明夷の初め、卦の最下にあり、傷られることもまだ浅い。それは鳥が往き飛ばんとして翼を垂れ、飛び難い象である。その占は、君子が機微を明察して禍難を未然に避けて速やかに去り行き、三日の間も食事ができないほどである。又は、避けて去り行けば、行くところの主人（六四）がもの言いをつけるありさまである。

六二は柔中で位正、下体離明の主である。それは左の股を傷るの象であるが、その傷はまだそれほど難儀なものではない。これを速やかに救うに壮んな馬（九三）があれば、禍難を避けて吉である。

九三は陽剛で位正、下体離の上、その明傷るの極に居り、至暗の主上六と正応である。そこで往き進んで南征し、その首魁（上六）を討伐するの象を採る。然し非常事態であるから、決して急に貞正にすることを期してはならないとの占である。

六四は下体より進んで上体に入り、その下位に居る。陰爻陰位の陰正であり、柔中の六五と相隣り柔順中正を以て相親しむ。陰爻を「左」、坤の象「腹」によって六四は「左腹に入る」の象を採る。共に「明夷」の人であるので、明夷の「主」である六五の心意を知り得て、往きて門庭を出でて相親しむの情を示すのである。

六五は柔中で下五爻の極、至闇の地に居り至闇の君（上六）に最も近いので「明夷るの主」とされる。そこで殷末三仁の一人、箕子に擬せられ「箕子の明夷る」の象を採る。占者は箕子の如く貞正を固く守るのがよろしい。

上六は明夷の極、卦の終りに居り、至闇の主として下五爻の「明を傷る者」であるが、自らはその徳に明らかではなく晦い。そこで始めは天に登るが如き高位にあって人の明を傷るの主となるが、終りには必ず地に入るが如く自らをも傷りその命を落とすに至るの象である。

背景 「夷」は傷《やぶ》る。**初九** 下体の「離」は雉の象。「于」は往く。「主人《しゆじん》」は初九の応爻六四を指す。**六二** 「左《ひだり》の股《もも》」の股は脛《すね》の上部で初九・六二の象。**九三** 「南」は離の象、「狩」は征伐する、「大首」は首魁、上六を指す。**六四** 明夷は六五（箕子）。六五と志を同じくするので、「明夷の心を獲る」と言う。六五　六五は箕子。殷の暴君紂《ちゅう》のおじ。紂王を諫めて容れられず、その賢明をくらまして迫害から逃れた。後に周の武王の師となった。上六　上六は殷の暴君紂王。「明《めい》ならずして晦《くら》し」は明徳がなく暗愚である。「晦」は暗い。

(37) 家人《かじん》　䷤　離レ下巽レ上（風火家人《ふうかかじん》）

本文　家人《かじん》は、女《じょ》の貞《ただ》しきに利《よろ》し。
初九《しょきゅう》、有家《ゆうか》を閑《ふせ》ぐ。悔《く》い亡《ほろ》ぶ。
六二《りくじ》、遂《と》ぐる攸无《ところな》し。中饋《ちゅうき》に在《あ》り。貞《ただ》しければ吉《きつ》。
九三《きゅうさん》、家人《かじん》嗃嗃《かくかく》たり、厲《はげ》しきを悔《く》ゆれば吉《きつ》。婦子《ふし》嘻嘻《きき》たり、終《つい》には吝《りん》。
六四《りくし》、家《いえ》を富《と》ます。大吉《だいきつ》。
九五《きゅうご》、王《おう》、有家《ゆうか》を仮《おお》いにす。恤《うれ》ふること勿《なか》れ、吉《きつ》。
上九《じょうきゅう》、孚有《まことあ》りて威如《いじょ》たり。終《つい》には吉《きつ》。

解釈　家人は一家の人の意、卦はその一家の人を正しくし治めるの道を示す。上下の九五・六二はそれぞれ剛中正・柔中正で互いに正応をなし卦の主となっている。家人の道は、内（六二）より外（九五）に及ぶべきで、先ず内を正しくする。そこで直ちに内なる女の貞正を固く守るによろしとの占である。

初九は陽剛で位正、下体離明の初めに居る。そこで家を治めるに剛明の才を以てし、家が乱れぬようにその初めに予防する。そうすれば悔いが後に残ることはない。

六二は陰柔中正で上の九五に正応があり、女の位を内に正すものとされる。婦は夫に従い、あえて自らは成し遂げることはない。家の内にあって食事のことを司るのが主である。貞正であることを固く守れば吉である。

九三は過剛不中で内卦の極にあり、位正で家人を治める立場にある。家人は厳酷に過ぎるとするが、その厳厲を悔いれば遂には吉である。これに反して家内の婦子が嘻嘻として笑楽し度を過ぎれば、遂には羞吝を招く。

六四は陰柔正位で上体の巽順に入り下位に居る。承応は皆位正しく婦の道に安処していることを示す。よく一家を養いその家を富ましめ永くその富を保有する。その占は大吉である。

九五は陽剛中正で尊位に居り、六四に乗じ六二に正応がある。王者が一家の厳君としてその家人を愛し、互いに寛大ならしめる象である。何の心配することもなく、吉の占。

上九は陽剛陰位で卦の極に居り、家道すでに成るの時に当たる。そこで家人を治めるには、自らの心中に誠実があって、しかも家人に威厳が行なわれることである。遂には必ず吉である。

背景 「家人」は一家の人々、家族。一家の人を治める「家内の道」を説く。六二・九五が中正を得て相応じ、卦の主。初九「閑」は防《ふせ》ぐ。「有家」の「有」は語助（虚字）。六二「遂《と》ぐる攸《ところ》无し」とは、婦（六二）は夫に従うもので、あえて自ら主として成し遂げることはない。「中饋《ちゅうき》」は、「中」は六二の中で家の内にあること、「饋」は、めし（食）。九三 内卦の上にあり、家の内を治める。「嗃嗃《こうこう》」は厳しいさま。「嘻嘻《きき》」は笑い楽しむさま。九五「仮」は大。寛仮《かんか》（ゆるやかにする）、寛大にする。上九「孚」は誠・信。「威如」は威厳のあるさま。

（38）睽《けい》 ䷥ 兌下離上（火沢睽《かたくけい》）

本文 睽《けい》は、小事《しょうじ》には吉《きつ》。

初九《しょきゅう》、悔《く》い亡《ほろ》ぶ。馬《うま》を喪《うしな》うも逐《お》うこと勿《なか》れ、自《おの》ずから復《かえ》る。悪人《あくにん》を見《み》れば咎无《とがな》し。

九二《きゅうじ》、主《しゅ》に巷《こう》に遇《あ》う。咎无《とがな》し。

六三《りくさん》、輿《くるま》曳《ひ》かる。其《そ》の牛《うし》は掣《ひか》えられ、其《そ》の人《ひと》は天《いれずみ》せられ且《か》つ劓《はなき》らる。初《はじ》め无《な》くして終《おわ》り有《あ》り。

九四《きゅうし》、睽《そむ》きて孤《こ》なり。元夫《げんぷ》に遇《あ》い、交〻《こもごも》孚《まこと》あり。厲《あやう》けれども咎无《とがな》し。
六五《りくご》、悔《く》い亡《ほろ》ぶ。厥《そ》の宗《そう》、膚《ふ》を噬《か》む。往《ゆ》くに何《なん》の咎《とが》あらん。
上九《しょうきゅう》、睽《そむ》きて孤《こ》なり。豕《し》の塗《どろ》を負《お》い、鬼《き》を一車《いっしゃ》に載《の》すを見《み》る。先《さ》きには之《これ》が弧《ゆみ》を張《は》り、後《のち》には之《これ》が弧《ゆみ》を説《と》く。寇《こう》に匪《あら》ず婚媾《こんこう》せんとす。往《ゆ》きて雨《あめ》に遇《あ》えば則《すなわ》ち吉《きつ》。

解釈　睽とは「背き異なる」（乖異）の義である。卦は兌下離上、上火下沢で、上下が相背き相異なる卦象を示している。然し卦徳・卦体などを併せ見ると、この睽の時に当たり、なお、小事には吉の道があるとの占である。

初九は剛正であるが上に正応がないので、当然「悔い有り」である。それをここに「悔い亡ぶ」というのは、敵応の九四と同徳同位を以て終りには相与し相合するに至るからである。これを始めには「馬（九四）を喪う」と言い、終りには「追い求めて行かずとも、自然に本に復り」、相応じ相合するの象で以て示す。又、己に乖く悪人（九四）を拒絶せず、進んでこれに見《まみ》えれば何の災いも咎もない。

九二は剛中で上の柔中「六五」（主）と正応であるが、共に位不正であり睽乖の時にある。そこで六五の主に宮垣に近い小路（巷）で逢うことを期するように、いろいろと苦心して相応じ相合することを求める。従ってその道に背かず、何の咎もない。

六三は陰柔不正で、同じく位不正の二陽の間に居り、上九に、正応であるが睽乖の時に当たる。そこで二陽によって多くの憂き目に会う象を示す。六三の乗る輿が九二により後ろに牽き戻される。その輿を前に牽く牛は、当然、ひかえ止められて進むことはできないし、六三自身も前の九四により額に入れずみされ、また鼻を截《き》られるような散々な憂き目に遇うことになる。然し初めはこのように多くの困難に遇い、正応上九に相会うことはないが、終りには必ず相会い相合することができる。

九四は陽剛不正で初九とは敵応であり、それぞれ正応がある承乗の二陰（六三・六五）の間に居る。正応もなく孤立し無援である。そこで同気同類の元夫（初九）を求めて相遇い、互いに至誠を以て相合する。危厲の地にあるが咎はない。

六五は陰柔不正であるが、柔中で尊位に居り下に九二の正応がある。そこで本来、悔い有りであるが、後には九二と相合するに至る象があるので悔い亡ぶという。先に占、次にその象を示す。その同族（九四）が柔膚（六三）を噬むので、間するもの（六三）がなくなるという象である。相合し往くに何の咎があるか、何もない。

上九は陽剛不正で睽卦の極、上体離（明）の最上に居るので、とかく明察にすぎて疑い深く背きがちである。正応の六三も上下の二陽に牽制されているので容易には応合することができない。それ故、自ら背いて孤立無援であると考えている。そこで上九の疑心暗鬼は正応の六三に対して種々の幻影を生ずる。それは小豚が汚い泥を背中一面に負うている汚らしい姿を見たり、ありもしない幽霊を車一杯に載せているのを見たりする。その幻影を見て、先にはこれを射殺そうとして弓を張るが、後にはその虚妄に気づいて疑いがとけ、その弓をはずす。それは寇するものではなく、実は応合し相親しまんとしているものであることが分かる。雨は陰陽二気の和合であるから、上九も進んで六三に応合すべく相会えば陰陽相和して吉である。

背景　「睽」は乖《そむ》く。**卦辞**「小事には吉」とは、六五は位不正であるが、中道を得て剛（九二）に応じているので、小事には吉。**初九**「馬《うま》を喪《うしな》う」とは、九四（馬）と敵応し背き離れるの意。**六三**「輿曳《くるまひ》かる」とは、六三の乗る輿《くるま》が九二により後ろに引き戻される。「掣」は抑える。「其の人」は車に乗っている人。「天」は額に入れ墨をする刑罰。上にあるから天という。「劓」は鼻を切る刑罰。**九四**「元夫」は善夫（初九）。「孚」は至誠。**六五**「宗」は同族。

（39）蹇《けん》　䷦　艮下坎上（水山蹇《すいさんけん》）

本文　蹇《けん》は、西南《せいなん》に利《よろ》しく、東北《とうほく》に利《よろ》しからず。大人《たいじん》を見《み》るに利《よろ》し。貞《ただ》しければ吉《きつ》。

初六《しょりく》、往《ゆ》けば蹇《なや》み、来《きた》れば誉《ほま》れあり。
六二《りくじ》、王臣蹇蹇《おうしんけんけん》す。躬《み》の故《こと》に匪《あら》ず。
九三《きゅうさん》、往《ゆ》けば蹇《なや》み、来《きた》れば反《かえ》る。
六四《りくし》、往《ゆ》けば蹇《なや》み、来《きた》れば連《つら》なる。
九五《きゅうご》、大《おお》いに蹇《なや》むも、朋来《ともきた》る。
上六《しょうりく》、往《ゆ》けば蹇《なや》み、来《きた》れば碩《おお》いなり、吉《きつ》。大人《たいじん》を見《み》るに利《よろ》し。

解釈　「蹇」は行きなやむ意の難である。蹇難の時に当たっては、西南の平易な方に向かうのがよく、東北の険阻な岩にいつまでも止まっているのはよろしくない。衆難を救済しうる大徳の人（九五）に会うのがよろしい。そして貞正を固く守っておれば吉である。

初六は陰柔にして蹇難の初め、卦の最下に居り、上に正応もない。前方に水（坎）の険があり、よく止（艮）まるべきことを表している。妄りに進み往けば、ますます蹇難に陥る。止まって進み往かなければ、よく時を知るの誉れがある。

六二（王臣）は柔順中正で九五（王）に正応であるが、陰柔のために蹇難を済う力は弱い。九五は剛健中正で王位に居るが、まさに坎水の険中にある。そこで六二は王臣として九五の蹇難を済わんとして、蹇《なや》み苦しむ。それは国家のためにすることで、わが身のためにすることではない。

九三は陽剛正位で下体艮の主爻であるが、正応の上六は陰柔無位で才力は弱く援《たす》けとするには足らない。そこで蹇難の時に当たり、進み往けば蹇みを増すばかりである。進み往かなければ、九三の本位に立ち返ることができる。

六四は陰柔で才力は弱く位正であるが、すでに上体の坎険に入り、大蹇を前にして下に応もない。進み往けば大蹇に陥り蹇《なや》みを増すので、進み往かずに下体の九三と親比し連合して蹇難を済《すく》うのである。

九五は陽剛中正で上体の坎険の中に居り、下体に柔順中正の六二が相応じている。陽剛を以て坎険の中で尊位に居るので、大（陽）いに蹇《なや》むの象があり、同じく中正の徳がある真朋の六二が必ず相応じ相助けるの象がある。

上六は陰柔で蹇の極、難のまさに解けんとする時に当たるが、その才力は弱く救けを必要としている。進み往くにも往くところがなく、ますます蹇《なや》みが増す象である。往かずに下（九五）に就けば、蹇難が解け散ずる大功を得て、吉の占である。大人（九五）に見え随従するのがよろしい。

背景　「蹇」は、原義は足なえ、転じて「進みにくい」「悩む」の意。内の艮（止）・外の坎（陥）で、妄りに進み往けば険陥に入るので、よく止まるべきことを示す。**卦辞**「西南」は坤の方位、坤の象は、地・平易・順。平易な地に順処するの意。「東北」は艮の方位、艮の象は、山・険阻・

止。険阻な山に止まるの意。［六二］「蹇蹇《けんけん》」は悩み苦しむさま。「躬《み》の故《こと》に匪《あら》ず」とは、国家のためでわが身のためのことではないの意。［六四］「来《きた》れば連《つら》なる」は、進み往かず、九三と親比して連合する。

（40）解《かい》 ䷧ 坎下震上（雷水解《らいすいかい》）

本文

解《かい》は、西南《せいなん》に利《よろ》し。往《ゆ》く所无《ところな》ければ、其《そ》れ来《きた》り復《かえ》りて吉《きつ》。往《ゆ》く攸有《ところあ》れば、夙《はや》くして吉《きつ》。
初六《しょりく》、咎无《とがな》し。
九二《きゅうじ》、田《かり》して三狐《さんこ》を獲《え》、黄矢《こうし》を得《え》たり。貞《ただ》しければ吉《きつ》。
六三《りくさん》、負《お》い且《か》つ乗る、寇《こう》の至《いた》るを致《いた》す。貞《ただ》しけれども吝《りん》なり。
九四《きゅうし》、而《なんじ》の拇《おやゆび》を解《と》けば、朋至《ともいた》りて斯《ここ》に孚《まこと》あり。
六五《りくご》、君子《くんし》維《こ》れ解《と》くこと有《あ》れば、吉《きつ》。小人《しょうじん》に孚有《まことあ》り。
上六《じょうりく》、公用《こうもつ》て隼《はやぶさ》を高墉《こうよう》の上《うえ》に射《い》て、之《これ》を獲《え》たり。利《よろ》しからざる无《な》し。

解釈

「解」は険難を解き緩め解け散ずるの卦である。西南の坤（広大平易の地）の方位がよい。

険難が解け散じて、救いに往くべきところがなければ、往かずして本位に復り安静の地に居るのが吉である。もし往くべきところがあれば、早く往って険難を解き緩めれば吉である。

初六は陰柔を以て卦の最下、蹇難の解け散じた初めに居る。九四に正応があるが、九二を承けてこれに親比する。かかる初六であるから何の咎もないのである。

九二は陽剛得中で六五の君に正応である。そこで剛中の才を以て君に用いられ、邪媚の小人を除去するとされる。それは田猟して三匹の狐（小人）を射止めて黄矢（中直）を得た象とされる。貞正を固守すれば吉との占である。

六三は陰柔不正で下卦の上に居り、正応もなく上下の二剛に挟まれている。六爻中、最も不安定であり従って恥ずべき象を採る。それは貨財を背負う卑賤の者が貴人の乗る車に乗っている。当然、寇盗に襲われることになるの象である。いかに貞正を固く守ろうとしても必ず羞吝を招くことになる。

九四は陽剛で位当たらず、下の陰柔初六と正応であるが、これは不中不正の応である。そこで、その足の親指（初六）を解き去れば、同類の朋（九二）が来り至って相信じ共に君（六五）に誠信を尽くすことができる。

六五は柔中で尊位に居り下に剛中九二の応があるので、君子の徳があるとされる。従って「解」の主であるが、陰柔の故に戒めの意を寓している。そこで、君子（六五）は、難をなす小人（初・

三・上）をよく解き去ることが出来れば吉である。君子自ら誠信ならば、小人もこれに感化されて信服するに至る。

上六は解卦の極に居り、下の六三（位不正）とは敵応である。「解」の極にあり、患害を解き去る時に当たる。そこで、公（上六）が高い垣根の上に居る猛禽の隼（六三）を射て、これを捕獲した象である。万事によろしいとの占である。

背景 「解」は解散、艱難が解消する。内の坎（陥）・外の震（動）、険難から動（震）いて外に脱出する象。**卦辞**「西南」は坤の方位、坤の象は「衆」である。西南に往けば衆を得る。**九二**「三狐」は、「狐」は隠伏の獣で邪媚の小人に擬せられる。「三」は三陰（初・三・六）を指す。「黄矢」は黄銅の矢。黄は土の色、中央の色。矢は直きもの、真っ直ぐで中庸の徳にたとえる。**九四**「而」はなんじ（汝）、九四自身。**上六**「隼《はやぶさ》」は六三、悪人をたとえる。「高墉《こうよう》」は高い垣根、六三を指す。下卦の最も上にいるから高墉という。

(41) 損《そん》 ䷨ 兌下艮上 (山沢損《さんたくそん》)

本文 損《そん》は、孚《まことあ》有りて元《おお》いに吉《きつ》なれば、咎《とが》无《な》し。貞《ただ》しくす可《べ》く、往《ゆ》く攸《ところあ》有るに利《よろ》し。曷《なに》をか之《こ》れ用《もち》いん、二簋《にき》用《もち》いて享《まつ》る可《べ》し。

初九《しょきゅう》、事《こと》を已《や》めて遄《すみ》やかに往《ゆ》けば、咎《とが》无《な》し。酌《く》みて之《これ》を損《へら》すべし。

九二《きゅうじ》、貞《ただ》しきに利《よろ》し。征《ゆ》けば凶《きょう》。損《へら》さずして之《これ》に益《ま》す。

六三《りくさん》、三人行《さんにんゆ》けば則《すなわ》ち一人《いちにん》を損《へら》す。一人行《いちにんゆ》けば則《すなわ》ち其《そ》の友《とも》を得《う》。

六四《りくし》、其《そ》の疾《やまい》を損《へら》す、遄《すみ》やかならしむれば喜《よろこ》び有《あ》り。咎《とが》无《な》し。

六五《りくご》、或《ある》いは之《これ》に十朋《じっぽう》の亀《き》を益《ま》すとも、違《さ》ること克《あた》わず。元《おお》いに吉《きつ》。

上九《しょうきゅう》、損《へら》さずして之《これ》に益《ま》す、咎《とが》无《な》し。貞《ただ》しければ吉《きつ》。往《ゆ》く攸《ところあ》有るに利《よろ》し。臣《しん》を得《え》て家无《いえな》し。

解釈 「損」は「へらす」(減)の義、減損。損すべきところを損するに誠信があって大善の吉であれば、何の咎もなく、減損の道に貞正を固守すべく、進んで往き事を行なうによろしい。例えば何を用いて享祭すればよろしいか、薄祭すべき時にはただ二簋を用いても可である(誠信があって礼を尽くせば神霊も饗《う》けてくれるから)。

初九は陽剛で最下に居り、上に六四の正応がある。そこで、私事を輟《や》めて速やかに「上」（六四）に往き、その足らざるを益し助ければ、何の咎もない。ただその益すにも深浅を斟酌すべきである。九二は陽剛陰位で位不正であるが、下体の「中」に居り剛中であり、上の六五に正応がある。そこで、その剛中の徳を守るに貞正さを固守するのがよい。己の方から妄りに「上」（六五）に進み往き益せば凶である。その徳を自ら守って妄動せず変えないことが、下を損さずして上に益すの道である。

六三は陰柔で下卦の上に居り、上卦陽剛の上九と正応で、共に成卦の主である。三人（下三爻）と共に行けば、その内の一人（六三）を損し上に益すことになる。一人（六三）のみ独り行けば、正応上九の友をうることができる。一陽一陰は一を致すものであるからである。

六四は陰爻陰位で位正であるが重陰であり、上下もまた陰柔であるので「偏柔」である。この「偏柔の疾」を損すのに陽剛を以てすることを、速やかに正応初九にさせれば、自らに喜びがあり、何の咎もないとの占である。

六五は柔順虚中の徳を以て尊位に居り帝位を履んでいる。損下益上の時に当たり、九二の正応を初めとして上九も親比してこれに益す。かく天下多くこれに益すことを努めるので、たとい十朋の亀の如き天下の大宝を以てこれに益すとも、六五としては避け去ることができない。勿論、その占は大善の吉である。

上九は陽剛を以て卦の上、その極に居り、「損」極まって「益」に変ずる時に当たる。下の六五（君）と親比し、六三（臣）と正応をなし共に成卦の主爻をなす。そこで自らは損することなくしてこれ（六五）に益す、それには何の咎もない。貞正なることを固く守れば吉であり、進んで事をなすによろしい。又その正応六三の臣を得ていて、その臣には私家を営むことなどはない。

背景　「損」は減る・減らす。下を損して上に益すの義。卦辞「簋《き》」は内方外円（内は四角い外は丸い）の祭器。黍稷《しょしょく》（きび）一斗二升を盛って供える。至って簡略で薄祭であることを示す。六三「三人」は初九・九二・六三。「一人」は六三を指す。「其の友」は上九（正応）。六四「其の疾を損す」とは、初九（正応）の助けを受けて己（六四）の病気を減らすの意。六五「或」は、たとい…あるも。「十朋の亀」とは、亀の最も神貴なるもの、元亀をいう。双貝を「朋」というので十朋は二十大貝。たとえ二十大貝に値する神貴なる元亀を用いてこれを卜ってみても背き違うことなく、その吉なることを告げるだろうの意。

（42）益《えき》 ䷩ 震下巽上（風雷益《ふうらいえき》）

本文

益《えき》は、往《ゆ》く攸有《ところあ》るに利《よろ》し。大川《たいせん》を渉《わた》るに利《よろ》し。

初九《しょきゅう》、用《もっ》て大作《たいさく》を為《な》すに利《よろ》し。元《おお》いに吉《きつ》なれば、咎无《とがな》し。

六二《りくじ》、或《ある》いは之《これ》に十朋《じっぽう》の亀《き》を益《ま》すとも、違《さ》ること克《あた》わず。永貞《えいてい》なれば吉《きつ》。王用《おうもっ》て帝《てい》を享《まつ》る、吉《きつ》。

六三《りくさん》、之《これ》に益《ま》すに凶事《きょうじ》に用《もち》うれば、咎无《とがな》し。孚有《まことあ》り中行《ちゅうこう》して、公《きみ》に告《つ》ぐるに圭《けい》を用《もち》う。

六四《りくし》、中行《ちゅうこう》して、公《きみ》に告《つ》げて従《したが》わる。用《もっ》て依《よ》るが為《ため》に国《くに》を遷《うつ》すに利《よろ》し。

九五《きゅうご》、孚有《まことあ》りて恵《めぐ》む心《こころ》あれば、問《と》うこと勿《な》くして元《おお》いに吉《きつ》。孚有《まことあ》りて我《わ》が徳《とく》を恵《めぐ》みとす。

上九《しょうきゅう》、之《これ》に益《ま》すこと莫《な》くして、或《ある》いは之《これ》を撃《う》つ。心《こころ》を立《た》つること恒《つね》勿《な》し、凶《きょう》。

解釈

「益」は増益、上を損して下に益すの義である。卦の二・五は中正で相応じ、初・四も位正で相応じて成卦の主をなしている。そこで進んで往くによろしく、大川を渉るによろしとの占である。進んで大事なし、大難を救済すべく積極的に行動して増益を獲るがよい。

初九は陽剛正位で卦の最下に居り、上の柔正、六四と正応であり共に成卦の主をなす。そこで重大な下に益すの大事をなすによろしい。然しそれが必ず大善の吉であってこそ、始めて咎なきを得るのである。

六二は柔中正で上の剛中正九五と正応である。上より下に益すの時に当たり、虚中を以てこれをよく受け容れる。そこで、たとい十朋の亀の如き天下の大宝を以てこれに益すとも避け去ることはできない。然しそれも必ず永く貞正を固守して始めて吉を得るのである。王が上帝（天）を郊祭して吉を得るが如く、上より益すを受ければ吉の占である。

六三は陰柔で不中不正、下体震動の極にあり躁動しやすいが、下に益すの時に当たる。そこでこれに益すに凶荒を救う凶事に用いれば、よく過ぎるを補い何の咎もなくなる。心に誠がありよく中道に合する行ないをして、君（王公）の九五に告げるに誠信を通達する圭玉を用いる。

六四は上体に入り君公（九五）に近く陰柔正位に居り、下体の初九（陽剛正位）に正応で共に成卦の主をなす。よく君公に承順すると共に下（初九）に益すものとされる。そこで、よく下に益すの心を以て中道に合する行ないをして、君公（九五）に告げるので信従せられることをうる。下に益すの道を以て、下民に依るがために国を遷すによい吉占である。

九五は陽剛中正で君位に居り、下に六二（陰柔中正）の正応があり相応じている。そこで上（九五）の心に信があって下（六二）に益すの心があれば、言うまでもなく大善の吉である。下の心に信があって、上の徳沢を恩恵として上下相感応する。

上九は陽剛で益卦の終りその極に居り、下の六三とは共に位不正を以て相応じ相交わらんとするが交わることを得ない象を示す。そこで下（六三）に益すことを求めて止まないが、遂に益すことはできず、思わぬ方（九五）から非難攻撃を受けることとなる。それは平生の心の立て方に恒常性がないからであり、凶の占である。

[背景]「益」は増す・饒《ふ》える。上を損して下に益すの義。[六三]「中行」は中道に合する行い。「圭」は玉、謁見に用いる玉。[六四]卦の全体からみれば、六三とともに中を得ている。「用《もっ》て依《よ》る」は、六四の正応である初九は田畝稼穡の所、すなわち下民の依るところとなる。「国《くに》を遷《うつ》す」は、東周の平王の東遷のこと。[九五]「恵《めぐ》む心《こころ》」は、「恵」は下に益す恩恵。「徳」は徳沢・恩沢。下に信があって、上の徳沢を恩恵とする。上下の感応を言う。

(43) 夬《かい》 ䷪ 乾下兌上（沢天夬《たくてんかい》）

[本文] 夬《かい》は、王庭《おうてい》に揚《あ》ぐ、孚《まこと》ありて号《さけ》び厲《あやう》きこと有《あ》り。告《つ》ぐること邑自《ゆうよ》りし、戎《じゅう》に即《つ》くに利《よろ》しからず。往《ゆ》く收有《ところあ》るに利《よろ》し。

初九《しょきゅう》、趾《あし》を前《すす》むるに壮《さか》んなり。往《ゆ》きて勝《か》たず、咎《とが》を為《な》す。

九二《きゆうじ》、惕《おそ》れて号《さけ》ぶ。莫夜《ぼや》に戎《じゆう》有《あ》りとも、恤《うれ》うること勿《な》し。

九三《きゆうさん》、頄《ほほぼね》に壮《さか》んなり、凶有《きようあ》り。君子《くんし》夬夬《かいかい》するに、独《ひと》り行《ゆ》きて雨《あめ》に遇《あ》い、濡《ぬ》るるが若《ごと》くにして慍《いか》らるること有《あ》れども、咎无《とがな》し。

九四《きゆうし》、臀《いさらい》に膚无《はだえな》く、其《そ》の行《ゆ》くこと次且《ししよ》たり。羊《ひつじ》に牽《ひ》かるれば悔《く》い亡《ほろ》びん、言《げん》を聞《き》くも信《しん》ぜず。

九五《きゆうご》、莧陸夬夬《けんりくかいかい》するに、中行《ちゆうこう》なれば咎无《とがな》し。

上六《しようりく》、号《さけ》ぶこと无《な》かれ、終《つい》に凶有《きようあ》り。

解釈　「夬」とは「決」の義、五陽を以て一陰（上六）を決去せんとする卦で、卦主は陽剛中正の九五（王）である。王の公朝の場で一陰の罪状を揚言し、誠意を尽くして九二がその衆（下四陽）に号呼し協力させるが、なお思わぬ危険もある。そこで九五は先ず私邑に告げよく治めさせて後、専ら威武を尊ぶをよしとするのはよろしくない旨を衆知させる。然る後に進んで事を決行するのがよろしい（一陰を決去すれば純陽の乾となる）。

初九は陽剛正位を以て「夬」の初め、健（乾）の最下に居る。前進せんとして足を進めるに意気壮んである。前進して一陰を決去せんとして意気壮んでも、力不足で勝算はなく、自ら咎を取ることとなる。

九二は剛得中を以て柔位に居り乾健を体とするので、夬決の時に当たってよく中道を行ない得る。

憂え懼れて号呼して警戒する。そこで暮夜に兵戎（上六の来襲）があるとも、自らもよく戒備しているので、なんの憂えることもない。

九三は君子（五陽）の一員として小人（一陰）を決去すべき時、陽剛正位に居り陽剛に過ぎる反面、その小人（上六）に独り応爻である。そこでその顔面には決去せんとする意気が壮んに現れている象がある。このように逸《はや》りすぎていては凶を招く道である。衆君子が決去する上にも決去せんとしている時に、九三が独り応爻の小人（上六）の許に行き和合せんとして雨に遇うの象を示し、うわべはその小人に濡れ汚されているように見えるので同類の君子に恨み憎まれることがある。然しここに至って本心に立ち返るので、遂には咎はないとの占である。

九四は陽爻陰位で不中不正であるので落ち着かず、決去し行くにも逡巡することを示す。その象は尻（九四）の肉に皮膚がなく痛くて安坐しては居られないし、決去し行くにも逡巡する。当然、悔いがある。そこで羊（九五）に牽き連れられ後ろから随って行けば、其（九四）の悔いあることも消滅するのである。然しその言（九五に随い行く）を聞いても九四は信ずることができないであろう。

九五は陽剛中正で尊位に居り一陰（上六）を決去すべき卦主でありながら、その一陰に親比の関係にある。そこで陰気に感じることの多い莧陸（やまごぼう）の象を採る。まさに決去する上にも決去するに当たって、暴に過ぎることなくよく中道の行ないに合すれば、格別の咎めはない。

上六は陰柔の小人で、一陰まさに決去され消尽せられんとする夬卦の窮極の地に居る。そこで、今更、号呼しても無駄で遂には消尽する凶運である。

背景 「夬」は分けさく、決壊《けっかい》・決裂《けつれつ》。五陽が一陰を決し去ろうとする。**卦辞**「揚《あ》ぐ」は揚言する、暴き立てる。一陰（上六）の罪状を公朝の場で揚言し衆知させること。「孚号」は、孚は誠、号は呼び叫ぶ。九二が誠意を尽くして同志の人（下の四陽）に呼びかけ、協力させる。**九二**「莫夜《ぼや》」は、莫は暮・暮れ。**九三**「夬夬《かいかい》」は、決し決する。正応の上六（小人）への情を決然として断ち切る。**九四**「次且《ししょ》」は、ぐずぐずして進みがたい。「言」は「羊に牽かるれば悔い亡びん」を指す。己のための善言。**九五**「莧陸《けんりく》」はやまごぼう。上六を指す。

(44) 姤《こう》 ☰☴ 巽下乾上 (天風姤《てんぷうこう》)

本文 姤《こう》は、女壮《じょさか》んなり。女《じょ》を取《めと》るに用《もち》うる勿《なか》れ。
初六《しょりく》、金柅《きんじ》に繋《かか》り、貞《ただ》しければ吉《きつ》。往《ゆ》く攸有《ところあ》れば、凶《きょう》を見《み》る。羸豕《るいし》孚《まこと》に蹢躅《てきちょく》たり。
九二《きゅうじ》、包《ほう》に魚有《うおあ》り、咎无《とがな》し。賓《ひん》に利《よろ》しからず。

九三《きゅうさん》、臀《いさらい》に膚无《はだえな》く、其《そ》の行《ゆ》くこと次且《ししょ》たり。厲《あやう》けれども大《おお》いなる咎无《とがな》し。
九四《きゅうし》、包《ほう》に魚无《うおな》し。起《た》てば凶《きょう》。
九五《きゅうご》、杞《き》を以《もっ》て瓜《うり》を包《つつ》む。章《あや》を含《ふく》めば、天自《てんよ》り隕《お》つる有《あ》り。
上九《じょうきゅう》、其《そ》の角《つの》に姤《あ》う。吝なれども咎无《とがな》し。

解釈　「姤」は一陰（初六）が始めて下に生じて微弱であるが、やがてその正応（九四）に遇合して五陽に匹敵する壮盛さを示すに至る、成卦の主である。そこで婦女の壮盛な象を示す。かかる不貞の婦女を娶ってはならぬとの占である。

初六は始めて下に生じた一陰で次第に壮んならんとするもので成卦の主爻である。かかる一陰は堅強な金属製の車輪止め（九二）に、しっかり係り止まって、貞正を固く守れば吉である。止まって居られずに進み往けば凶を見る結果となる。それは疲れたいのこで、実は跳びはねてじっとしていられないという象である。

九二は剛中で初六に近比するが、初六には又九四に正応がある。然し姤の時にあっては、正応よりも近比の方を先とし重しとする。そこで九二は包苴《ほうしょ》（わらづと）の中に包みこめた魚（初六）があるの象で、その限りに於て咎はない。然しこの魚を賓客（九四）に供応するにはよろしくない。

九三は過剛不中であるが、その志は一陰の初六に遇合するを求めるにある。それは尻（九三）の肉に皮膚がないような居ても立ってもおられない象を示すが、初六は既に近比する九二の包苴の中の魚となっている。それでも求め行かんとして九二に忌み憎まれ妨げられて進み行き難い象を示す。固《もと》より危地にあるが、その剛正の徳によって志の非なるを悟り自ら妄動するを戒めるので、大いなる咎には至らないとの占である。

九四は陽剛で不中不正であるが、初六が正応である。然しそれは既に近比する九二に遇合して、包苴《ほうしょ》（わらづと）の中の魚（初六）となっている。そこでこれは包苴の中に魚がないの象である。さればとて動いて魚を求めるが如きは、その占は凶である。

九五は陽剛中正で尊位にあり「姤」の卦主であるが「比」も「応」もない。然し卦主として初六の一陰に遇いこれを包み制する任務がある。そこで杞（川やなぎ）の細い枝で作った曲げ物の中に甘美で潰れやすい瓜（初六）を包んだ象である。内に中正の美徳を含蔵して、静かに天機の至るを待てば、瓜が熟して蔕《へた》が落ちるように自然に一陰に遇いこれを制することができる。

上九は卦の最上にあって、剛強な頭上の角に遇うの象である。これでは初六の一陰に遇いこれを包み制することは不可能なので、羞吝を招くのであるが、その立場には居ないので咎にはならない。

背景　「姤」は遇う、偶然会うこと。一陰が始めて下に生じて五陽に遇合することを示す。**初六**「金柅《きんじ》」は金属製の車止め（九二）。「羸豕《るいし》」は、羸は疲れる、豕はいのこ。「蹢躅《てきちょく》」は跳びはねる。

九二「包《ほう》」は苞《つと》で包苴《わらづと》。物を包むに用いる。「魚」（初六）は陰物、包は陽物で、陽をもって陰を包む。九四「包《ほう》に魚《さかな》无し」は、九四に中正の徳がなく民心が離れていること。「起」は動く。九五「章」は美徳。「隕」は堕《お》ちる。「天」は乾、九五は天の位。上九「角」は堅くて頭上にある（上九）。剛強にしておごり高ぶり謙遜和合でないこと。

（45）萃《すい》 ䷬ 坤下兌上 （沢地《たくち》萃《すい》）

本文 萃《すい》は、王《おう》、有廟《ゆうびょう》に仮《いた》る。大人《たいじん》を見《み》るに利《よろ》しく、亨《とお》る。貞《ただ》しきに利《よろ》し。大牲《たいせい》を用《もち》うるに吉《きつ》、往《ゆ》く攸有《ところあ》るに利《よろ》し。

初六《しょりく》、孚有《まことあ》りて終《お》えず、乃《すなわ》ち乱《みだ》れ乃《すなわ》ち萃《あつ》まる。若《も》し号《さけ》べば、一握《いちあく》して笑《わら》いを為《な》さん。恤《うれ》うること勿《なか》れ、往《ゆ》けば咎无《とがな》し。

六二《りくじ》、引《ひ》けば吉《きつ》にして、咎无《とがな》し。孚《まこと》あれば乃《すなわ》ち禴《やく》を用《もち》うるに利《よろ》し。

六三《りくさん》、萃如《すいじょ》たり嗟如《さじょ》たり、利《よろ》しき攸无《ところな》し。往《ゆ》けば咎无《とがな》し、小《すこ》しく吝《りん》なり。

九四《きゅうし》、大吉《たいきつ》なれば、咎无《とがな》し。

九五《きゅうご》、萃《あつ》めて位有《くらいあ》り、咎无《とがな》し。孚《まこと》とするに匪《あら》ざれば、元永貞《げんえいてい》なれば、悔《く》い亡《ほろ》ぶ。

上六《しょうりく》、齎咨《しし》涕洟《ていい》す。咎无《とがな》し。

解釈　萃の卦は聚まるの義である。萃の時には、王者（九五）は神聖なる宗廟に入り、誠敬を尽くして祖考（祖先と亡父）を祭り衆心を聚めるのである。衆心（下一陽三陰）は聚合して大人（九五）にまみえ帰服するのがよろしく、諸事よく亨通する。必ず貞正であることを固く守るがよい。物聚まり豊かな時であるから、宗廟には大牲（牛）を用いて祭るも吉であり、進んで事を行なうにもよろしい。

初六は九四に正応であるが陰柔不正でその志は弱く、また九四が六三に近比されているのを嫌疑する疑心をも抱いている。それ故に初六は正応（九四）に応合せんとする誠信はあるが疑心もあり、その志は容易には遂げ終えられない。そして同類（六二・六三）に惑乱されてその志は迷い乱れたり、そしてまた同類に妄聚したりして、定まるところがない。然しもし一旦、応合せんことを求めて必死に嘆き叫ぶならば、一握手の間に忽ち変ずるの機を得て後には喜び笑うことになるであろう。何も心配することはない、進んで応合を求めて往けばよく、なんの咎もない。

六二は柔順中正で下二陰の間に雑聚しているが、上の剛健中正の九五に正応である。そこで九五の君の方から牽引して応合を求めてくれれば、中止の徳を以て直ちに応ずるので吉であり、なんの咎もない。心に誠信があれば神明にも感通するので、禴の薄祭を用いてもよろしい。

六三は陰柔不正で上六は敵応である。卦主の九五（大人）に萃聚する時に当たり、これと正応ではないが、九四（位不正）には近比の関係にあるので、これに萃聚する外はない。そこで卦主に聚まらんとして得ざるさまであり（萃如）、嘆き悲しむさまである（嗟如）。なんのよいところもない。然し進んで近比する九四に往けば、なんの咎もない。ただ少しく羞吝を招く結果となる。

九四は陽剛不正であるが、初六に正応、六三に近比され、九五（大人）には同体同徳の近臣である。そこでその占が必ず大吉であれば、始めて咎なきを得るのである（近臣は衆陰の帰するところであり、従って最もその咎の帰するところでもあるからである）。

九五は剛健中正で尊位に居り、萃の卦主として大人の位と徳とを備えている。そこで天下の衆心を萃聚する君位に居るので、もとより何の咎もない。然し己に誠信を以て萃まらない者がまだあれば、自ら更に元永貞の徳を修めれば、その悔いも必ず消滅するであろう。

上六は陰柔を以て萃卦の終り無位の地に居り、下に正応もなく九五（卦主）に乗じて安処せず、これに萃聚せんことを求めても得られない。そこで不安憂懼の心に堪えず、「ああ」と嘆息して、涙が目から鼻から流れ落ちる（齎咨涕洟）。その萃聚を求めて不安憂懼するが故に、その占は咎なしである。

背景 「萃」は聚《あつ》まる。草が群生する。**卦辞** 「有廟《ゆうびょう》」の「有」は語助。「仮」は至る。「大牲」

は牛、下卦坤の象。初六「終えず」とは、応の九四を捨てて六二・六三に交わろうとするので、疑念もあり容易にはその志を守り通すことができない。六二「禴《やく》」は殷代の春祭・周代の夏祭。質素な薄祭《はくさい》。六三「萃如《すいじょ》」は集まるさま。「嗟如《さじょ》」は嘆き悲しむさま。九五「孚とするに匪ざれば」とは、「孚」は誠信、「匪」は不。九五に信服しない者があればの意。上六「齎咨涕洟《ししていい》」とは、齎・咨はいずれも「ああ」と嘆く声。「涕洟」は、涕は目から出る涙。洟は鼻から出る涙。

(46) 升《しょう》 ☷☴ 巽下坤上 (地《ち》風《ふう》升《しょう》)

本文

升《しょう》は、元《おお》いに亨《とお》る。用《もっ》て大人《たいじん》を見《み》るに、恤《うれ》うる勿《なか》れ。南征《なんせい》して吉《きつ》。
初六《しょりく》、允《まこと》に升《のぼ》る、大吉《だいきつ》。
九二《きゅうじ》、孚《まこと》あれば乃《すなわ》ち禴《やく》を用《もち》うるに利《よろ》し。咎无《とがな》し。
九三《きゅうさん》、虚邑《きょゆう》に升《のぼ》る。
六四《りくし》、王用《おうもち》いて岐山《きざん》に亨《きょう》す。吉《きつ》にして咎无《とがな》し。
六五《りくご》、貞《ただ》しければ吉《きつ》にして、階《きざはし》に升《のぼ》る。
上六《しょうりく》、冥升《めいしょう》す、息《や》まざるの貞《てい》なるに利《よろ》し。

解釈　「升」は下から上に進み高きに升るの卦である。従って進んで事をなすに諸事よく大いに亨通する。柔中尊位（六五）の方から下って、在下の大人（九二）を見るのに、何の憂いも要らない。上（六五）に向かって前進して吉の占である。

初六は陰柔で最下に居り巽の主爻である。柔升るの時に当たり上の剛中（九二）に親比している。そこで上の二陽（九二・九三）に信従して升り進むのである。その占は大吉である。

九二は剛中で柔中六五の君に正応である。そこで内に誠心があってこそ簡素な禴祭を行なってもよろしい、何の咎もない。

九三は陽剛正位で升り進むに果断である。そこで、進んで無人の邑に升り入るの象がある（吉凶は占者その人に存す）。

六四は柔が上体（坤）に升って位正であるから、その徳は順正で君位に最も近い賢臣とされる。そこで王（六五）はこの賢臣（六四）を用いて岐山（神明）の山祭りを行なうのである。勿論、吉であって何の咎もないとの占である。

六五は上体坤順の「中」で尊位に居り卦主であって、下体に剛中の正応がある。そこで柔中の徳がある主君としては、貞正であることを固守すれば諸事吉である。それは剛中の徳がある賢臣に輔《たす》けられて、升り易い階段を升るが如くその志を遂げられる象である。

上六は陰柔を以て「升」の極に居りながら、なお進み升らんとして退くことを知らず、昏冥の甚だしいものである。そこで昏冥し升るに已まざるありさまであるが、その冥升を一変して、断えず貞正であるべきことを努めるのがよろしいとの占である。

背景 「升」は進み昇ること。内の巽（入）と外の坤（順）、内は謙遜にして従い入り、外は柔順にして柔中の徳があることを示す。**卦辞**「南征《なんせい》」は、高きに向かって前進することをいう。**初六**「允《まこと》に升《のぼ》る」とは、二陽（九二・九三）に信従して昇り進むこと。**九三**「虚邑《きょゆう》」は無人の村。疑い拒むものがいないので、陽剛の勢いをもってどんどん升り進んでゆける。**六四**「王」は文王、六五の君を指す。**上六**「冥升《めいしょう》」は、冥は暗い、昏冥の状態で升り進むのみで退くことができないの意。

(47) 困《こん》 ䷮ 坎下 兌上 (沢水困《たくすいこん》)

本文 困《こん》は、亨《とお》る。貞《ただ》し、大人《たいじん》は吉《きつ》にして、咎无《とがな》し。言《い》うこと有《あ》れども信《しん》ぜられず。

初六《しょりく》、臀《いさらい》、株木《しゅぼく》に困《くる》しむ。幽谷《ゆうこく》に入《い》り、三歳《さんさい》まで覿《み》ず。

九二《きゅうじ》、酒食《しゅし》に困《くる》しむ。朱紱《しゅふつ》方《まさ》に来《きた》らんとす。用《もっ》て享祀《きょうし》するに利《よろ》し。征《ゆ》けば凶《きょう》、咎无《とがな》し。

六三《りくさん》、石《いし》に困《くる》しみ、蒺蔾《しつり》に拠《よ》る。其《そ》の宮《きゅう》に入《い》りて、其《そ》の妻《つま》を見《み》ず。凶《きょう》。

九四《きゅうし》、来《きた》ること徐徐《じょじょ》たり、金車《きんしゃ》に困《くる》しむ。吝《りん》なれども終《おわ》り有《あ》り。
九五《きゅうご》、劓《はなき》られ、刖《あしき》られ、赤紱《せきふつ》に困《くる》しむ。乃《すなわ》ち徐《おもむ》ろにして説《よろこ》び有《あ》り。用《もっ》て祭祀《さいし》するに利《よろ》し。
上六《しょうりく》、葛藟《かつるい》に臲卼《げつごつ》に困《くる》しむ。曰《ここ》に動《うご》けば、悔《く》いて有悔《またく》ゆ、征《ゆ》けば吉《きつ》。

解釈 「困」は困窮する、困悴《すい》するの義、身は険難に陥り困窮するが、その道はよく亨通する。その道とは悦んで貞正なることを常に守ることである。貞正なることを常に守る大人（在下の大人、九二）は吉であり、何の咎もない。いかに口舌（兌説の主、上六）を弄してもの言いをつけてみても、人には信用されないのである。

初六は陰柔で困卦の最下の地にあり、上の九四（陽剛不正）に唯一の正応があるが、また近く九二（剛中）に親比している。そこで初六はなんとか困窮の底《そこ》から脱出せんとして、じっとしては居られない。それは、角立った切り株に腰を降ろすと尻が痛んで、じっと坐ってはおられない象である。そこで動いて暗く深い谷間（九二）に入れば、ますます困窮のどん底に陥り、三年の永きに至るまで、陽明の正応（九四）に相見《まみ》えることができないでいる。

九二は上下の二陰に覆われ上に正応もないが、剛中を以て、成卦の主となっている。よく至誠を以て剛中の道を守るので、酒食に飽きかえって悲哀に苦しむが、自らは求めずして、やがて朱紱（朱色のひざかけ）を服した君（九五）の方から求めてくる。それはお供え物をして神を祀れば、その至誠はよく神明に感通するが如きである。来るを待たずして自ら求め往けば凶であり、凶あるを知って往かなければ何の咎もない。

六三は陰柔で不中不正であり、上に正応はなく下は剛中に乗じて下体坎険の上にあり、困窮の極に居る。行けば堅剛な石（九四）に阻まれ相手にしてくれぬ恥辱を受け、退いて蒺蔾（九二）に拠らんとすれば棘が多くて危険であり、進退ますます困窮する。止むなくその宮（六三）に反っても、その妻は室になく去って外（上六）にあるので見ることはなく、身の置きどころもない。いうまでもなく、その占は凶である。

九四は陽剛陰位で位不正であるが、下に正応の初六が居る。この株木に困しむ初六を救出せんとするのであるが、力不足であるため、遅疑して救出に来るのがまことに徐々然としてゆっくりしている。それは又初六が、堅剛な金車に擬せられる九二に近比するため、これに遮ぎられて困しむからでもある。それ故に羞吝すべきことがあるが、然し遂には初六に応合しこれを救出することができるのである。

九五は陽剛中正で君位に居るが、上には上六、下には六三の二陰に覆われて、ますます困しむ「困」の卦主である。そこで、上は上六に鼻切られ、下は六三に足切られて、ますます困しむの象を示す。応位にある在下の賢九二（赤紱）とは敵応であるために、これを求めるに困しむが、道同じく徳合するが故に誠意を以てすれば、やがて徐ろに感通してこれ（赤紱）を得て、共に天下の困を救う喜びの時がくる。その誠意の感通することは、誠敬を尽くしてお祭りを行なうがよろしく、それが神明に感通するのと同様である。

上六は陰柔を以て困卦の極にあり、九五に乗じ応位の六三は敵応である。困極まりて変ずるの時である。往かんとすれば「くず」や「かずら」の蔓草（六三）にからみつかれて困しみ、居れば高位（九五）の上にあって危うく不安であるのに困しむ。そこで動けば、後悔して又後悔するが、悔悟して改めて往けば、困の極を脱し得て吉である。

背景　「困」は困窮する。**九二**「朱紱《しゅふつ》」は朱色の膝掛けの服で君（九五）の服。**九四** 金車（九二）が初六に妨げられてうまく行き着けない。「終り有り」は、よい結果を得る。ついには初六に応合し、救出すること。**九五**「劓」は上の上六に劓《はなき》られる。「刖」は下の六三に刖《あしき》られる。ますます苦しむことをいう。「赤紱《せきふつ》」は赤い膝掛けの服で臣（九二）の服。九二と敵応ながら、同徳の賢人「赤紱」（九二）の援助を得ようとして苦しむ。**上六**「葛藟《かつるい》」は山野に自生する蔓草《つるくさ》。物にまといはびこる。六三の象。「臲卼《げつごつ》」は危うく高く不安なさま。陰柔をもって極にいるため危うい。

(48) 井《せい》 ䷯ 巽下坎上 (水風井《すいふうせい》)

本文　井《せい》は、邑《ゆう》を改《あらた》めて井《せい》を改《あらた》めず。喪《うしな》うこと无《な》く得《う》ること无《な》くして、往《ゆ》くも来《きた》るも井《せい》を井《せい》とす。汔《ほとん》ど至《いた》らんとするも、亦未《またいま》だ井《せい》に繘《つるべなわ》せずして、其《そ》の瓶《つるべ》を羸《やぶ》る。凶《きょう》。

初六《しょりく》、井泥《せいひじりこ》ありて食《く》らわれず。旧井《きゅうせい》に禽无《きんな》し。

九二《きゅうじ》、井谷《せいこく》より鮒《ふ》に射《そそ》ぐ。甕敝《もたいやぶ》れて漏《も》る。

九三《きゅうさん》、井渫《せいさら》えたれど食《く》らわれず、我《わ》が為《ため》に心惻《こころいた》ましむ。用《もっ》て汲《く》む可《べ》く、王明《おうめい》ならば、並《なら》びに其《そ》の福《ふく》を受《う》けん。

六四《りくし》、井甃《せいいしだたみ》す、咎无《とがな》し。

九五《きゅうご》、井冽《せいきよ》く、寒泉《かんせん》にして食《く》らわる。

上六《しょうりく》、井収《せいくみと》りて幕《おお》うこと勿《なか》れ。孚有《まことあ》りて元《おお》いに吉《きつ》。

解釈　「井」は上水（坎）・下木（巽）の卦象で、木（瓶）を井水の下に入れ、水を上に汲み出すことを示す。その居邑は改めて他に移すことができるが、その井戸は改めて他に移すことはできない。どの井戸も常に汲んで尽きることはなく、又汲まずとも満ち溢れることもない。往く者も来る者も水を汲んで井戸を利用する（以上の三句は井のことをいう）。水を汲み上げる「つるべなわ」

（繘）を降ろして殆ど水面近くまで至って、なおまだ達しきらない時、またその「つるべ」（瓶）を井戸に引っ掛けて壊し敗る。そこで凶である。

初六は陰柔で「井」の最下位、その底にあり、上に応爻もない。「井」は陽剛を泉水とし、それが上出するを功用とするので、初六は汚泥で濁っている象を示す。井戸に汚泥が沈滞し濁っていて飲むことができない。古い井戸には鳥さえ水を飲みには来ないのである。

九二は剛中で下体にあるので、少しは井水のある象である。然し上に応爻がなく下の初六に近比するので、その井水も上出せずに下漏するの象を採る。そこで井水は上出せずに井中の穴からにじみ出て僅かに「鮒」（初六）に注ぐ程度である。また水はあっても汲み上げる「つるべ」（甕）が破れ壊れていて外に漏れ出るの象である。

九三は陽剛正位で下卦の上に居り、上卦に正応（上六）がある。そこで、井戸渫《さら》えして清潔になったが汲み上げて飲んでくれず、我（九三）がために道行く人（上六）がただ心を痛ましくするの象である。在下の賢の未だ登用されないのに喩える。然し汲み上げて飲むべきであり、王（九五）に王者の明鑑があれば、これ（九三）を汲み上げて飲むので、天下は平治して徧く人々は福を受けるであろうとの占である。

六四は陰柔正位で上卦に入り下卦に応爻はない。陰柔の故に井水を汲み上げることはできぬが、漏れ出ないように修治することはできる。そこで、井戸の内壁に瓦を積み重ねて「いしだたみ」

（甃）するの象であり、当然、なんの咎もないとの占である。

九五は陽剛中正で「井」の卦主である。そこで、井戸の水は清く澄んで、つめたく冷ややかな泉なので、よく人々に飲まれるの象である。井道の至善なるものである。

上六は陰柔を以て「井」の最上に居るが、井水がすでに上出したことを示し、井道の大成したことを意味している。井水はすでに汲み上げられ誰でも利用されるの象で、井戸に覆いをしてはならないとの戒辞である。汲めども尽きぬ真実があるので大善の吉であるとの占である。

背景　「井」は井戸。『説文』は「丼」に作り、「八家、一丼《いちせい》を為し、構韓《いげた》の形に象《かたど》る。丼のうちの「丶」は逋《つるべ》の象なり」とある。**卦辞**「喪《うしな》うこと无《な》く得《う》ること无《な》く」とは、井戸水は常に汲んでも尽きることなく、汲まなくても満ち溢れることもないの意。「往《ゆ》くも来《く》るも井《せい》を井《せい》とす」とは、往く者も来る者もこれに汲んで井を利用する。**九二**「井谷《せいこく》」は井戸の壁面に空いた穴。「鮒《ふ》」は井戸の底に住んでいる小魚のこと（初六）。**九三**「我《わ》が為《ため》に心惻《こころいた》ましむ」は、上六（正応）が我（九三）のために用いられないことに心を痛める。「王明《おうめい》ならば」とは、王（九五）に明徳があって在下の賢人（九三）を任用すればの意。

(49) 革《かく》 ䷰ 離下兌上 (沢火革《たくかかく》)

本文 革《かく》は、已日《いじつ》にして乃《すなわ》ち孚《まこと》とせらる。元《おお》いに亨《とお》る、貞《ただ》しきに利《よろ》し。悔《く》い亡《ほろ》ぶ。
初九《しょきゅう》、鞏《かた》むるに黄牛《こうぎゅう》の革《かわ》を用《もち》う。
六二《りくじ》、已日《いじつ》にして乃《すなわ》ち之《これ》を革《あらた》む。征《ゆ》けば吉《きつ》にして、咎无《とがな》し。
九三《きゅうさん》、征《ゆ》けば凶《きょう》、貞《ただ》しけれども厲《あや》うし。革言《かくげん》三《み》たび就《な》れば、孚有《まことあ》り。
九四《きゅうし》、悔《く》い亡《ほろ》ぶ。孚有《まことあ》りて命《めい》を改《あらた》むれば、吉《きつ》。
九五《きゅうご》、大人《たいじん》は虎変《こへん》す。未《いま》だ占《せん》せずして孚有《まことあ》り。
上六《しょうりく》、君子《くんし》は豹変《ひょうへん》し、小人《しょうじん》は革面《かくめん》す。征《ゆ》けば凶《きょう》、貞《ただ》しきに居《お》れば吉《きつ》。

解釈 「革」は変革である。すでに変革すべき時に至って変革すれば、必ず人々に信服される。人々に信服されれば、そのことは大いに通じて成功する。然し必ず貞正であることを固く守るがよい。その変革が至当であれば、それに伴う悔いも消え去るのである。

初九は陽剛無位で卦の初めその最下に居り、上に正応もないが柔順中正の徳を示す六二に親比することができる。そこで、変革すべく躁動せんとする我が身を固めるのに黄牛（六二）の皮を用いるの象である。

六二は柔順中正で内卦離（文明）の主爻であり、上には九五（陽剛中正）の正応がある。そこで、すでに革むべき時（已日）に至ったので革めることに従うの象がある。然し陰柔であり自ら革めるの主になるのではなく、往って正応（九五）に従って革めるのであれば、吉であって、何の咎めもないとの占である。

九三は過剛不中で下体離の極に居り、躁動し前進せんとする象がある。そこで性急に前進すれば凶との占であり、たとい貞正さを固守しても危険があるとの戒辞である。革めるべきか否かを衆議に諮って、意見が三たびまで一致するに至れば、人にも信じられて、もはや革めるべき時である。

九四は陽剛陰位で唯一の位不正爻であり、応爻もない。当然、悔い有りであるが、然し水火相息するの際に居り、すでに革むべき時に当たり、その剛健と柔順を兼ね備えているので、その悔いも消滅するのである。そして上下に、その誠意が認められて後に於て政令を改めることを行なうので、吉であるとの占である。

九五は陽剛中正で尊位にあり、百獣の王「虎」の象がある。大人（大徳の人）は、虎の毛が夏には抜け代わり秋には改め生えて文様が鮮明になるように、鮮やかに変革するの象がある。従ってまだ占筮せぬ前に、その変革の至当なことを天下の人々が信じ孚ありとされるの占がある。

上六は陰柔を以て「革」の終りに居り革道すでに成るの時である。下の九三に応爻があり、九五

（君）に親比する。そこで、有徳の君子は「君」（大人）の変革に従って自ら新たにするは、豹文が換毛によって一段と深密になるが如くであり、小人もまた改めて九三（正応）に向かわず九五（比）に向かうのである。革道すでに成る時であるから、更に改めんとして往くべからず、往けば凶であり、その変革に貞正であることを守り安静にして居れば吉である。

背景　「革」は革《あらた》める。革の原義は「獣の皮、其の毛を治め去るを革という」（『説文』）と、獣の皮から毛を除き去ると、前とは違ったものとなること。「革」の「廿」と「十」とを合わせると「三十」になり、三十年にして一代となし、旧を改めるという意が生ずる。卦辞「已日」は「すでに……の日」の義で、すでに革むべきの時を意味する。九三「革言」は改革を議するの言。上六「革面」は改めて向かうこと。「面」は向かう。「小人革面」の「面」の字義に「顔面」とする説があり、小人はうわべの顔色だけを変えて心を改めないの意と解する。

（50）鼎《てい》　䷱　巽㆑下離㆑上（火風鼎《かふうてい》）

本文　鼎《てい》は、元《おお》いに亨《とお》る。

初六《しょりく》、鼎《かなえ》、趾《あし》を顚《さか》しまにす、否《ひ》を出《い》だすに利《よろ》し。妾《しょう》を得《え》て其《そ》の子《こ》と以《とも》にす、咎《とが》无《な》し。

九二《きゅうじ》、鼎《かなえ》に実有《じつあ》り。我《わ》が仇《あだ》に疾有《やまいあ》るも、我《われ》に即《つ》くこと能《あた》わず、吉《きつ》。

九三《きゅうさん》、鼎《かなえ》の耳革《みみあらた》まり、其《そ》の行塞《こうふさ》がる。雉膏《ちこう》あれども食《く》らわれず。方《まさ》に雨《あめ》ふらんとして悔《く》いを虧《か》く、終《つい》には吉《きつ》。

九四《きゅうし》、鼎《かなえ》、足《あし》を折《お》り、公《こう》の餗《こながき》を覆《くつがえ》す。其《そ》の刑剭《けいおく》す、凶《きょう》。

六五《りくご》、鼎《かなえ》、黄耳《こうじ》あり、金鉉《きんげん》あり。貞《ただ》しきに利《よろ》し。

上九《しょうきゅう》、鼎《かなえ》、玉鉉《ぎょくげん》あり。大吉《だいきつ》にして利《よろ》しからざるは无《な》し。

解釈　「鼎」は「かなえ」(鼎器)の象形で、「説文」に三足・両耳で五味を調和する宝器であるという。古の聖王はこれで烹飪《ほうじん》(煮炊き)して上帝(天)を祭り賢者を養うの宝器とした。そこで「鼎」は、諸事大いに亨るとの占である。

初六は陰柔で「鼎」の最下にあり、鼎足である。それを逆さに上に向けているとは、上(九四)に応じた象である。常道に反する形であるが、卦の初めでまだ鼎実も入れてはいないので、むしろ古くからの積み重なる否悪な汚れを外に出すにはよろしい。それは妾(側室)にその人を得て、賢い世嗣ぎ(初六)を生み、これと共にすることを得るの象あり、何の咎めもないとの占である。

九二は陽剛で下体の「中」(陰位)に居り、「初六に比」、「六五に応」である。そこで虚鼎(陰位)の中に陽剛の実(なかみ)が充実している象である。我が仇(初六)には強いて我に近比せんとする邪な疾（病）があっても、我は自ら剛中の徳を固守して動かないので、遂に我にとり就くことができない。その占は吉である。

九三は陽剛で位は正であり、陽は実であるから、鼎腹の中に美実のある象を採る。然し又、九三は過剛不中で卦主六五に往かんとするが比爻でもなく応爻でもない。そこで鼎器の「耳」（六五）が改変している象であり、その行路は行先き閉塞している象である。折角、美味な「雉」（離象）の「脂身」（六五）があるのに、食べられないとの占である。然し初めは九三（陽）は六五（陰）と相比せず相応ぜず不遇ではあるが、やがて陰陽（六五・九三）相和合して雨ふることになるとの象であるから、悔恨も減損して、終りには吉をうるであろうとの占である。

九四は陽剛不正で上の六五の君に最も近い三公の要職にある身でありながら、この上に近比せず下の初六の小人に相応ずる。然し初六はその重任に堪えられず、鼎がその足を折り、公（九四）の餗（ごちそう）を顚覆するの象を示す。その結果は鼎臣（九四）が重刑に処せられ、その占は凶である。

六五は柔中で卦主、下に剛中の九二（応爻）、上に鼎器の象「鉉」（耳づる）の上九（比爻）があり、その象は鼎器の「耳」である。そこで下の応爻、九二の陽剛を得て柔中の徳を全うして「黄耳」（黄は中の色）の象がある。又、上の比爻、上九の陽爻（金）を得て「金鉉」（堅剛な鉉）の象があるのである。然し柔中で位不正であるから、貞正であることを固く守るのがよろしいとの占である。

上九は爻の終りその功成るの地に居り、その象は「鉉」である。「玉」は堅剛で温潤な物。上九がよく下の六五（比爻）の柔を得るので「玉鉉」の象がある。従って大吉を得て、万事によろしきを得るとの占である。

背景　「鼎」はかなえ（鼎器）。物を煮る器で「三足・両耳にして、五味（鹹・苦・酸・辛・甘）を和するの宝器」（『説文』）であり、その卦形に、足（下陰）・腹（中三陽）・耳（上陰）・鉉《みみづる》（上陽）の鼎器の象がある。九三 三陽（二・三・四、鼎腹）の「中」にあり、陽は実。腹中に美実（美味）のある象。「鼎《かなえ》の耳革《みみあらた》まり」とは、鼎の中身が沸騰して鼎の耳（六五）が熱くなって変形してしまっている。「其《そ》の行塞《こうふさ》がる」とは、鼎の耳が変形して鉉《みみづる》で持ち上げて移動することもできないの意。「雨《あめ》ふり悔《く》いを虧《か》く」とは、雨が降って鼎の耳も冷め、後悔することもなくなる。

(51) 震《しん》 ䷲ 震下震上（震為雷《しんいらい》）

本文　震《しん》は、亨《とお》る。震《しん》の来《きた》るとき虩虩《げきげき》たり、笑言啞啞《しょうげんあくあく》たり。震《しん》は百里《ひやくり》を驚《おどろ》かせども、匕鬯《ひちょう》を喪《うしな》わず。

初九《しょきゅう》、震《しん》の来《きた》るとき虩虩《げきげき》たり。後《のち》に笑言啞啞《しょうげんあくあく》たり、吉《きつ》。

六二《りくじ》、震《しん》の来《きた》るとき厲《あやう》し。億《はか》りて貝《ばい》を喪《うしな》い、九陵《きゆうりよう》に躋《のぼ》る。逐《お》うこと勿《なか》れ、七日《なぬか》にして得《え》ん。

六三《りくさん》、震《ふる》いて蘇蘇《そそ》たり。震《ふる》いて行《ゆ》けば眚《わざわい》无《な》し。

九四《きゆうし》、震《ふる》いて遂《つい》に泥《なず》む。

六五《りくご》、震《ふる》いて往《ゆ》き来《きた》りて厲《あやう》し。億《はか》〔意〕りて事有《ことあ》るを喪《うしな》うこと无《な》し。

上六《しようりく》、震《ふる》いて索索《さくさく》たり、視《み》ること矍矍《かくかく》たり、征《ゆ》けば凶《きよう》。震《ふる》うこと其《そ》の躬《み》に于《お》いてせず、其《そ》の鄰《となり》に于《お》いてすれば、咎《とが》无《な》し。婚媾《こんこう》に言有《げんあ》り。

解釈　「震」は、陽気が発動し一陽が始めて下に生じ上り進む卦であるから、諸事よく思い通りに通ずる。「震」の卦徳は「動」で、震動し来る時に当たれば、虩虩として恐懼し驚いて安んじないが、震動が過ぎた後には啞啞として笑語し和らぎ安んじる。又「震」の卦象は「雷」で、雷鳴は方百里の遠きにまで及び、聞く者を皆驚き恐れて自失せしめるが、宗廟社稷の祭祀を掌る「祭主」（震は長男）は、誠敬の念を尽くして祭るので、雷鳴に驚き恐れて、「匕」（牲体を掬うさじ）と「鬯」（香酒）とを取り落とすようなことはない。

初九は「震」の初めに居りその卦主である。震動してくるときに当たっては虩虩として恐懼し、戒慎する。然しそれが過ぎ去った後には啞啞として笑言することになる。その占は吉である。

六二は柔中正であるが上進せんとする初九（震の主文）に乗じているので、甚だ危い。それが震動してきて余りにも烈しいので、わが身の危いことを悟り、予め推度して已の貝貨（宝貨）を見捨てて、九重の高い丘陵に升り、その柔順中正の徳を守る。震動が過ぎれば、見捨てて喪った貝貨は、追い求めずとも、七日もたてば自然に戻ってくるであろう。

六三は陰爻陽位の位不正に居り、下体震動の終り上体艮止の初め（六四）に就かんとして安んじない。震雷の響きも漸く緩散するのに、恐懼するばかりで蘇蘇然として茫然自失している。かかる震動に恐懼する時、よく脩省して進み行けば災過に遇うことはない。

九四は上卦震動の主、洊雷《せんらい》であるが、不中不正で二陰の間に陥り、その震雷も勢いがない。そこで洊《しき》りに震動するが、遂に滞りなずむに至る。

六五は柔中不正の身を以て尊位に居り、陽剛不正の九四に乗じて危い時に当たる。初九の初めて震動する激しさが既に往けば、九四が洊りに震動して又来って、往来共に危険な時である。然しその中徳をよく守り、予め推度して宗廟社稷の祭祀を行なうことを喪失し失敗するようなことはない。

上六は震動の極に居り下に正応もなく、甚だ不安定である。震動も次第に遠ざかるのになおいつまでも震懼して安んぜず、きょろきょろして視点も定まらない。この有様で動き往けば必ず凶である。然し震動がまだその身（上六）に及ばない前に、身近な鄰（六五）に迫ったときに、よく恐懼し脩省すれば、咎めなきを得る。この不安定な有様に対して、仮に例えばめでたい縁組みに、身内の者があれこれと「もの言い」をつけるようなもので、かえってよろしくないのである。

背景 「震」は「劈歴物《へきれきぶつ》（激しい雷鳴）を振《ふ》るわす者」（『説文』）と、物を振るわす、動かすの意。震卦（小成）一陽が二陰の下に生じ、震《ふる》って動くさま。雷の象。したがって震の卦は恐懼戒慎《きょうくかいしん》の道を説く。卦辞「虩虩《げきげき》」は恐れてびくびくするさま。「笑言《しょうげん》」は談笑。「啞啞《あくあく》」は談笑して和らぐ声。六三「蘇蘇《そそ》」は不安で落ち着かず自失するさま。六五「事有《ことあ》るを喪《うしな》うこと无《な》し」とは、「事有る」は宗廟社稷の祭祀を行うこと。尊位にある身として宗廟社稷の祭りを行ない、おろそかにしない。上六「索索《さくさく》」は心の安らかでないさま。「矍矍《かくかく》」はきょろきょろとあたりを見回す。

（52）艮《ごん》 ䷳ 艮下艮上（艮為山《ごんいさん》）

本文 其《そ》の背《せ》に艮《とど》まりて、其《そ》の身《み》を獲《え》ず。其《そ》の庭《にわ》に行《ゆ》きて、其《そ》の人《ひと》を見《み》ず。咎无《とがな》し。

初六《しょりく》、其《そ》の趾《あし》に艮《とど》まる。咎无《とがな》し。永貞《えいてい》に利《よろ》し。

六二《りくじ》、其《そ》の腓《こむら》に艮《とど》まる。拯《すく》わずして其《そ》れ随《したが》う、其《そ》の心快《こころこころよ》からず。

九三《きゅうさん》、其《そ》の限《こし》に艮《とど》まる。其《そ》の夤《せじし》を列《さ》き、厲《あやう》くして心《こころ》を薫《や》く。

六四《りくし》、其《そ》の身《み》に艮《とど》まる。咎无《とがな》し。

六五《りくご》、其《そ》の輔《うわあご》に艮《とど》まる。言《げん》に序有《じょあ》り、悔《く》い亡《ほろ》ぶ。

上九《しょうきゅう》、艮《とど》まるに敦《あつ》し、吉《きつ》。

解釈 「艮」は止まるの義、内の一陽の九三（身）と、外の一陽の上九（人）がそれぞれの二陰の上に止まるの卦である。「背」（背中）は止まる所を意味し、その「背」に止まっているので己の「身」（九三）を見ることはない（内に己を見ず）。然し行くべき時には行くので、「身」（九三）は「止まり行く」（行くもまた止まる）の義を示す。その「身」は外庭に上り行くが、そこに居る「人」（上九）を見ることはない（外に人を見ず）。然し既に卦の終りに居るので、「人」（上九）は「止まりて止まる」（行くことなし）の義を示す。かく「時」の「行」（動）・「止」（静）とも止まるべき所の「背」に止まるの一義を以てするので、何の咎もないとの占である。

初六は「艮」（止）の初め、その最下に居り、人身では「趾《あし》」の象を取る。そこで艮止の初めに当たって、よく趾に止まるの象であり、妄動して行くことはないので、何の咎もない。然し初六は陰柔で終りを全うしうるか恐れるので、戒めて「止」の道を常久にして貞正を固守するのがよろしいとの戒辞である。

六二は陰柔中正であるが、上に正応はなく九三が比爻である。自らは動かず、初九の「趾《あし》」のすぐ上の「腓《こむら》」に止まっているの象である。九三はその上の「限《こし》」に止まる象であるが、過剛不中でなお動き行かんとするので、六二は中正の徳を以てこれを救うが、性柔弱の故に能わず、止むなくこれに随い行くが、その心中は快く思っていない。

九三は過剛不中で下体の上、上下の際に止まるが、時にはなお妄動せんとする（互体（九三・六四・六五の三爻）震☳、動）。そこで人身では上下の際の「限」（腰）に固く止まって自由がきかない象である。然し、その「夤」（背肉）を引き裂くように妄動するかわからないので、危懼して六四はその心中を灼くように不安の甚だしいありさまである。

六四は陰柔であるが位正しく、止まるべき時にはよく止まるの象を採る。よくその「身」（心位）に止まって、九三の妄動するには随わない象であり、従って何の咎もない。

六五は柔中で位不正であるが君位に居り、天下の止を司るの主である。そこで、動かぬ「輔」（上頷）によく止まるの象を採る。従って妄動せず妄言せず、言語を出すには秩序があり中道を得ているので、位不正の故の当然の悔いも、従って消滅するのである。

上九は陽剛を以て重艮の上、止まるの極に止まり、よく終りあるものである。そこで、止まるに厚（敦）きの象を採り、その占は吉である。

背景 「艮」は止《とど》まる、悖《もと》る。**卦辞** 「背」は自ら動いて行かず、「身」に従うに過ぎない。「其《そ》の身《み》を獲《え》ず」とは、己を忘れる。「其《そ》の人《ひと》を見《み》ず」とは、人の誘惑に動揺しない。止まるべき所に止まれば、常に心の平静を保つことができるの意。**初九** 趾《あし》（初六）↓腓《こむら》（六二）↓限《こし》（九三）↓身

（心位・上半身・六四）↓輔《ほお》（六五）↓敦（頭の頂・上九）と、人身の象に取る。［六四］「其《そ》の身《み》に艮《とど》る」とは、身は心、上半身のこと。六四は心の位で、心は身の主。［上九］「艮《とど》まるに敦《あつ》し」とは、「敦」はまじめ・篤実。止まるべき極にまじめにしっかり止まっている。

（53）漸《ぜん》 ䷴ 艮下巽上（風山漸《ふうさんぜん》）

［本文］

漸《ぜん》は、女《じょ》の帰《とつ》ぐに吉《きつ》。貞《ただ》しきに利《よろ》し。

初六《しょりく》、鴻《かり》、干《みぎわ》に漸《すす》む。小子厲《しょうしあや》うくして、言有《げんあ》れども咎无《とがな》し。

六二《りくじ》、鴻《かり》、磐《いわ》に漸《すす》む。飲食衎衎《いんしょくかんかん》たり、吉《きつ》。

九三《きゅうさん》、鴻《かり》、陸《くが》に漸《すす》む。夫征《ふゆ》けば復《かえ》らず、婦孕《ふはら》みて育《やしな》われず。凶《きょう》。寇《あだ》を禦《ふせ》ぐに利《よろ》し。

六四《りくし》、鴻《かり》、木《き》に漸《すす》む。或《ある》いは其《そ》の桷《たるき》を得《う》れば、咎无《とがな》し。

九五《きゅうご》、鴻《かり》、陵《おか》に漸《すす》む。婦三歳《ふさんさい》まで孕《はら》まず、終《つい》に之《これ》に勝《か》つこと莫《な》し、吉《きつ》。

上九《しょうきゅう》、鴻《かり》、逵《くもい》に漸《すす》む。其《そ》の羽《はね》は用《もっ》て儀《のり》と為《な》す可《べ》し、吉《きつ》。

［解釈］「漸」は内艮（止）・外巽（順）で、内（下）に止まって外（上）に順従することを示す卦

であり、これを以て遽かには進まず漸次に進むので、漸進の義である。そこで漸次に進むを要する女子の嫁入りに吉の占である。然しまた終りまで永く貞正を固守するのがよろしいとの戒辞がある。

初六は陰柔不正で卦の最下に居り上に応爻もなく甚だ安んじ止まれない爻位にある。「漸」の六爻に皆「鴻」の象を採るのは、それが水鳥でよく時序を知り又婚礼に必ず用いられるので、共に漸進するを要するの象をよく示すことができるからである。今、「鴻」が初めて水面を離れて水際（干）にまで漸進したとの象である。当然、安んじ止まれない所であるから、人に譬えれば、「小子」（年少の者）が不安げで危いので、他（六四）から何かと「もの言い」（小言・非難）を付けられるが、漸進するを要する「義」（理）に於ては何の咎もないとの占である。

六二は陰柔中正で、九五の陽剛中正に正応である。鴻が「干」（水際）より一歩漸進して、水際の平らな「磐」（大石）に上り漸く安定した所を得た。そして鴻が飲食しながら衆鳥を呼び和鳴している象であり、吉の占である。

九三は下卦の主爻、過剛不中で応爻はなく、上卦の主爻の六四に近比する関係にある。然し六四も陰柔不中で応爻はなく、陰を以て陽に乗じて甚だ危いので、もしこれに近比すれば上下不正の邪配となる甚だ不安な地にある。その象は、鴻が水際の大石（磐）より高い陸（平地）に進み上って、水鳥の故に却って不安で落ち着かないさまである。その占は、「夫」（九三）が止まらずして上り往けば、邪配の「婦」（六四）に不義密通して再び帰って来ないことになるし、その「婦」も不義の子を身ごもって生み育てようとしても邪魔されて遂に生み育てられないことになる。これ以上の凶はないのである。そこで九三（夫）としては、上り往かずに止まってその過剛の力を以て衆力（下三爻）を結集して外来する寇を防ぐのがよいとの戒辞である。

六四は陰柔で正位にあるが、より高く漸進して不安な地にある。正応ではないが九五を承けているので、これに親比することができれば高く危いが咎无きを得られる。それは鴻（水鳥）が安止し得ない「陸」（九三）より更に高い陸地の「木」（六四）に上り進んだ象である。幸いに邪配（九三）を振り切って、上の九五を承けることができれば、それは木の小枝を集めた桷（角材のたるき）のような平面を得てその上に安んじ止まることができるようなもので、高い所ではあるが、咎なきを得る所以である。

九五は進んで尊位に居り下に正応六二（婦）があるが、中「三・四」に隔てられている。然し共に中正を以て相応じているので、その隔てを排して遂には応合するに至ることを示す。それは鴻（水鳥）が小高い岡（陵）の上に進み最高の所（尊位）に止まるの象である。然し中「三・四」に隔てられて九五の正応六二の「婦」は三年の間身ごもることはないが、その「邪」も遂には中正を以てする「二・五」応合の「正」には勝てず、その所願を達成して吉を得るのである。

上九は「漸」の至極、その至高の位にあり、地表（陸・陵）を離れて大空の中にある。鴻（水鳥）が風に乗じて地表を離れ、遮るものなき大空の中（逵）を飛翔し行く象である。その群飛する鴻の羽は美しく列序があって漸進しているので世の儀法となすべきであり、その占は吉である。

【背景】「漸」は進む。漸次に少しずつ進むこと。【六二】「衎《かん》」は喜ぶ・楽しむ。「衎衎《かんかん》」は和楽するさま。【九三】「陸」は水際の大石（六二）よりは高い平地。しかし、鴻はもと水鳥であるから陸地に上ったことで、かえって不安で落ち着かない。「夫」は陽、九三を指し、「婦」は陰、六四を指す。【六四】陸（九三）から更にその陸地に生じた「木」（六四）にまで上り進んだ。「陸」でさえ安んずることができないのに、さらに高い「木」に上り進んだので、非常に不安定である。「或」は幸いにしての意。【上九】「逵《き》」は大空の中。

（54）帰妹《きまい》 ䷵ 兌レ下 震レ上 （雷沢帰妹《らいたくきまい》）

【本文】帰妹《きまい》は、征《ゆ》けば凶《きょう》、利《よろ》しき攸《ところな》无し。
初九《しょきゅう》、妹《まい》を帰《とつ》がしむるに娣《てい》と以《とも》にす。跛《あしなえ》にして能《よ》く履《ふ》むとす。征《ゆ》けば吉《きつ》。
九二《きゅうじ》、眇《すがめ》にして能《よ》く視《み》るとす。幽人《ゆうじん》の貞《ただ》しきに利《よろ》し。
六三《りくさん》、妹《まい》を帰《とつ》がしむるに須《しゅ》を以《もっ》てす。反《かえ》りて帰《とつ》がしむるに娣《てい》を以《もっ》てす。

九四《きゅうし》、妹《まい》を帰《とつ》がしむるに期《き》を愆《すご》す。帰《とつ》ぐを遅《ま》つこと時有《ときあ》り。
六五《りくご》、帝乙《ていいつ》、妹《まい》を帰《とつ》がしむ。其《そ》の君《きみ》の袂《たもと》は、其《そ》の娣《てい》の袂《たもと》の良《よ》きに如《し》かず。月《つき》、望《ぼう》に幾《ちか》し、吉《きつ》。
上六《しょうりく》、女《じょ》、筐《かたみ》を承《う》くるに実无《じつな》く、士《し》、羊《ひつじ》を刲《さ》くに血无《ちな》し。利《よろ》しき攸无《ところな》し。

解釈 「帰妹」の卦象は上震長男・下兌少女で、長男に嫁ぐのが少女であることを示し、その卦徳は内兌「説」(悦)・外震「動」で、先きに少女が情に任せて悦んで進み往き、これに長男が感じて動くことを示している。そこで「帰妹」は、男女配偶のよろしきを得ないもので、進み往けば不正であるから凶であり、不善であるから何事にもよろしくないとの占である。

「帰妹」の「中四爻」はみな位当たらず、ただ「二・五」(九二・六五)のみが応爻で、夫婦の義をなす。初九は陽剛正位で坤の最下に居り応爻もない。そこでこの爻に於て一卦の義を統言する。

「兄(九四、諸侯)がその妹(六五、女君)をその夫(九二)に嫁がしめるのに、娣(妹の妹)とともにする」(帰レ妹以レ娣)のが常である。この「娣」は初九ではなく、六三の象である。六三はもと「泰」(地天)の六四(娣)であるが(三往き四来るの卦変による)、「妹」の降嫁するよりも先きに来て、その「夫」に近比するので、初めその象は「須」(賤妻)である。それは「両足の一を跛にして自らはよく地を履む」(跛能履)と考えている「跛」(あしなえ)の象である。然し六三が元の六四(泰)に反り往き、「妹」の降嫁するに従う「娣」として嫁げば、「吉」との占である。

九二は陽剛得中で、上に六五（妹）の正応があり、その降嫁するを待つ「夫」（妹の夫）である。この六五（妹）の降嫁するよりも先きに来て己（九二）に近比する六三（須）の象は、初九にいう「跛」の象を承けて、ここには「両目の一を眇《すがめ》にし自らは能く視る」（眇能視）とする「眇」の象である。九二（夫）としては、正配（六五）の降嫁するを待って、幽人の貞正さを固く守るのがよろしいとの占である。

六三は陰柔陽位で位不正である。もと「泰」（地天）の六四より来た「娣」（妹の妹）であるが、「妹」（女君）の降嫁するよりも先きに来て、その「夫」（九二）に乗じ近比しているとされる。そこで「兄」（諸侯）がその「妹」（女君）を降嫁させるのを待てずに来たとされ、六三（娣）を卑しい「須」（賤妾）の身分とする。然し旧所（父母の家）に還り、改めて「女君」（妹）の降嫁するを待てば、これに付き従う「娣」として同伴するとの象である。

九四は陽剛不正であるが上卦震の主爻であり、その象は長男であり、六五はその「妹」である。「兄」（諸侯）がその「妹」（六五、女君）を嫁がせるのにその時期（婚期）を過ごしたとする象である。女帰は漸を以てするので、嫁ぐべき時を待てば必ずその時が来るとの象であり占である。

六五は柔中で尊位にあり、剛中九二に応爻があり、この卦の主爻をなしている。そこで「兄」（九四）の「帝乙」（殷王）が、その「妹」（六五）を、その「夫」（九二）に降嫁させるとの象を採る。その際、その「君」（妹）の衣裳飾りは、従い嫁ぐその「娣」（妹の妹）の衣裳飾りの華麗さには及ばない。これは「妹」(女君)が女徳を尊び容飾の華美を尊ばないことを示す象である。それは又、月(陰)が満月(陽)に近い象であり、吉の占である。満月になれば陰が陽に匹敵して陽が消するので、「妹」がその「夫」に匹敵しないで相応ずるようにとの象であり、吉の占である。

上六は陰柔を以て卦の極、その終りに居り、下に応爻もない。そこで婚を約して成らない女の象を採る。たとえば、仰いで受けるところのない「女」(上六)が「かたみ」の竹籠を受けても、その実(中身)の「きぬ」(幣帛)の入っていない虚筐を受けるような象であり、下に応のない「士」(上六)が「羊」(六三)を刲《さ》いて饗応するにも乾いて血のない羊では用をなさず、虚饗をなすような象である。従って何のよろしいこともなく、凶の占である。

背景　「帰」は嫁ぐ。「妹」は少女、年少の娘。**初九**「娣《てい》と以《とも》にす」とは、「娣」は「媵《よう》」(つき嫁・送り女)のこと。古くは正妻を娶《めと》る場合、必ず正妻の妹を同伴させ、合わせてこれを娶った。**九二**「幽人《ゆうじん》」は静かに独居している人。**六三**「反」るは父母の家に還るの意。「帰」ぐは改めて娣として嫁ぐの意。**六五**「帝乙」は殷の天子。紂王の父。「其の君」は妹(女君)、六五を指す。「其の娣」は妹の妹、六三を指す。**上六**「婦」と言わず「女」と言い、「夫」と言わず「士」と言うのは、まだ結婚していない若い男女であるから。女・士、いずれも上六を指す。

（55）豊《ほう》 ䷶ 離レ下震レ上（雷火豊《らいかほう》）

本文 豊《ほう》は、亨《とお》る。王之《おうこれ》を仮《おお》いにす。憂《うれ》うる勿《なか》れ、日中《ひちゅう》するに宜《よろ》し。

初九《しょきゅう》、其《そ》の配主《はいしゅ》に遇《あ》う。旬《じゅん》と雖《いえど》も咎无《とがな》し。往《ゆ》けば尚《たす》くる有《あ》り。

六二《りくじ》、其《そ》の蔀《しとみ》を豊《おお》いにし、日中《ひちゅう》するに斗《と》を見《み》る。往《ゆ》けば疑《うたが》い疾《にく》まるるを得《え》ん。孚《まこと》有《あ》りて発若《はつじゃく》たれば、吉《きつ》。

九三《きゅうさん》、其《そ》の沛《とばり》を豊《おお》いにし、日中《ひちゅう》するに沫《ばい》を見《み》る。其《そ》の右肱《みぎひじ》を折《お》るも、咎无《とがな》し。

九四《きゅうし》、其《そ》の蔀《しとみ》を豊《おお》いにし、日中《ひちゅう》するに斗《と》を見《み》る。其《そ》の夷主《いしゅ》に遇《あ》えば、吉《きつ》。

六五《りくご》、章《しょう》を来《きた》せば、慶誉《けいよ》有《あ》り。吉《きつ》。

上六《じょうりく》、其《そ》の屋《おく》を豊《おお》いにし、其《そ》の家《いえ》に蔀《しとみ》す。其《そ》の戸《こ》を闚《うかが》えば、闃《げき》として其《そ》れ人无《ひとな》し。三歳《さんさい》まで覿《み》ず、凶《きょう》。

解釈 「豊」は「大なり」の義、盛大なことを意味するので、諸事、思い通りによく亨通するとの占である。王者は常に天下を光大ならしめるものである。然し盛大を極めることも、これを過ぎれば常に必ず次第に衰微するものであるという憂いがある。徒らに憂えることはない。ただ日が中天にあって光り輝き照らしているように、常にその盛大の時にこそ盈満を保持することを謹守すべきである。

初九は対爻九四と同徳の陽剛で、「明」(下体離)と「動」(上体震)の始めにあり、相配し相助けて「豊」の盛大を致すに至る。そこで初九はそのよき配耦の相手九四(配主)に遇うことになる。日数が一巡りして盈満する「旬」(十日)になっても何の咎もない。進んで往けば助けがあることになる。

六二は柔中正で「明」(下体離)の主爻であり、至明であるが、その対爻六五の柔中不正の昏暗の「主」(尊位)に覆われている。その覆われる昏暗のさまは、「蔀」(しとみ)を大きくして日光を遮り、日が中天に輝く盛明の時であるのに暗きに過ぎて「斗」(北斗、大星)を見るような象である。そこで六二(至明)が進み往き、六五(昏暗の主)に従わんとすれば、その昏暗によって必ず疑われて憎まれるに至るであろう。然しひたすら「虚中」(六二)の誠信を積み重ねて、昏暗の「主」(六五)の心志を啓発して感発させるに至れば、吉である。

九三は陽剛正位で「明」(下体離)の終りにあり、なおよく剛明ではあるが、その応爻上六の「動」(上体震)の終り、その止まらんとするの陰暗に覆われている。その覆われる陰暗のさまは、「沛」(戸張り)を大きく張りめぐらせて全く日光を遮り、日が中天に輝く盛明の時であるのに「蔀」(しとみ)よりも更に暗く、「沫」(小星)を見るような象である。また、せっかく腕を振うにも大切な右肱が折れたような象であり、用を成すことは出来ない。これも陰暗の上六が頼むに足りないからであり、九三には咎はないとの占である。

九四は陽剛で不中不正であるが、上体震動の主であり、卦主の六五に親比し、下体の初九とは陽剛の同徳である。そこで、九四は昏暗の主の六五に、六二と同様に障蔽されて、その昏暗のさまは同様に、「蔀《しとみ》」を大きくして日光を遮り、日が中天に輝く盛明の時であるのに、暗過ぎて「斗星」を見るの象である。その同輩の「夷主」（初九）に遇い、同徳相応じて、相資ければ吉との占である。

六五は柔暗の主で尊位に居り、下に柔中正の対爻六二があり、同徳を以て来り資けんとしている。そこで六五は柔暗の主と雖も、在下同徳の中正文明の賢臣（六二）を招き寄せて登用し委任すれば、豊大を致しうる喜びと誉れが得られて、その占は吉である。

上六は陰柔を以て卦の極、動（震）の終りに居り、明（離）が極まり動が止まって、反って全く暗いことを示す。それはその屋根を高大にその家中に「蔀」（しとみ）を取りつけて、日光を遮り真っ暗にしている象である。その戸口から覗けば、ひっそりと静まり人影がない。三年の永きにわたるまで、中から出て人を見ようとしない象でもある。その占、凶であることが甚だしい。

背景 「豊」は、盛大。祭器の豆《たかつき》に祭り物の黍稷《しょしょく》（きび）が多大に盛り上げられている象形文字。

六二 「蔀《しとみ》」は、格子戸の裏を板張りにし、日光や風雨を遮るもの。「疾」は、憎み嫌う。六二（至明の臣）が進み往き、六五（昏暗の君主）に従おうとすれば、かえって疑われ憎まれることになるであろうということ。「発若《はつじゃく》」は、啓発して感発させること。九四「夷主《いしゅ》」は、同徳の同輩。夷は斉・輩、主は同徳の陽剛を言う。初九を指す。上六「闃」は静か、人無きさま。

(56) 旅《りょ》 ䷷ 艮下離上 (火山旅《かざんりょ》)

本文

旅《りょ》は、少《すこ》しく亨《とお》る。旅《りょ》には貞《ただ》しければ吉《きつ》。

初六《しょりく》、旅《たび》して瑣瑣《ささ》たり。斯《こ》れ其《そ》の災《わざわ》いを取《と》れる所《ところ》なり。

六二《りくじ》、旅《たび》して次《じ》に即《つ》き、其《そ》の資《し》を懐《いだ》き、童僕《どうぼく》を得《え》たり。貞《ただ》し。

九三《きゅうさん》、旅《たび》して其《そ》の次《じ》を焚《や》かれ、其《そ》の童僕《どうぼく》を喪《うしな》う。貞《ただ》しけれども厲《あやう》し。

九四《きゅうし》、旅《たび》して処《ところ》に于《おい》てし、其《そ》の資《し》と斧《ふ》を得《え》たり。我《わ》が心快《こころこころよ》からず。

六五《りくご》、雉《きじ》を射《い》て、一矢《いっし》亡《うしな》う。終《つい》に以《もっ》て誉命《よめい》あり。

上九《しょうきゅう》、鳥《とり》、其《そ》の巣《す》を焚《や》かる。旅人先《りょじんさき》には笑《わら》い、後《のち》には号咷《ごうとう》す。牛《うし》を易《えき》に喪《うしな》う、凶《きょう》。

解釈

「旅」は、旅し宿るの義、羇旅・客寄。「山」(下艮)の上に「火」(上離)があるの卦で、火が炎上して燃え移り広がって、一所には止まっていない卦象による。「旅」の卦は、諸事大いに亨り思い通りになるというのではなく、少しは亨り思いが少しは適うとの占である。然し又、旅にあっては旅に処するの道があるので、その行動に貞正であることを固く守れば吉である。

初六は陰柔で卦の最下に居り、陰小に過ぎて落ち着かないことを示す。そこで旅にあって、その性格は細かくこせこせするとの象である。これでは旅に処する道を失い、災いを受けることとなるとの占である。

六二は陰柔中正を以て多懼の地（二）に居るが、旅に処するに柔順中正の道を以てすることを示す。そこで旅して次舎（やど）に落ち着き、旅中所用の財貨を懐き蔵して失うこともなく、旅中の雑務を代行してくれるよき童僕を得ているの象である。それは六二自らが貞正の道を固守するからである。

九三は剛爻陽位で位正であるが、剛に過ぎて中ならず、柔順謙下を旨とすべき旅の時に当たり、剛に過ぎて上（離火）に従わず、その「火」（離）により落ち着くべきその次舎（やど）を焚かれるの象である（当然、その資を喪う）。下の童僕に接するにも剛に過ぎて、その童僕を失うの象である。遇剛不中では、貞正ならんことを努めても、当然、危厲の道である。

九四は陽剛不正であるが上体（離）の下に居り、上には柔中六五に親比し下には正応初六に与《くみ》するが、いずれも陰柔でその力は弱い。そこで旅して一時の止舎（草舎）に落ち着き、旅に要する「資」（貨財）と荆棘（いばら）を断ち切る「斧」とを得て一応の不自由はない象である。然し自らの心中はなお、安息し得ない。

　六五は上体「離」の中爻でその主爻であり上下二陽も相与《くみ》しているので、柔順で文明の徳があり中道を得て旅に処するに善なるものとされる。そこで「雉」（離の象）を射るに最初の一矢は射損ねて無くする。初めにはこのような些細な損失があっても最後には雉を射止める。そのように友に信ぜられてよい評判（誉）が立ち、遂には上より福禄（命）を受けるに至るのである。

　上九は卦の上、「離」（火）の極に居り応爻もない。「旅」に於ては最も卑順謙虚であるべきなのに、過剛不中で自ら驕り高ぶり、順従せんとする六五にも親比しようとしない。これでは必ず災いに遇うことになる。たとえば、高く飛翔する「鳥」（離の象）が止まり安んじるため高い梢《こずえ》に作ったその巣を焼かれるの象である。又、旅する人がその次舎（やど）に止まり安んじて、初めには笑い楽しんでいるが、後にはその次舎を焼き出されて行きどころもなく泣き叫ぶの象である。柔順な「牛」（六五）をその境界で喪失して困り果てているの象である。これは全く上九が自ら招いた結果であり、当然その占は「凶」である。

背景　「旅」は、旅行。初六「瑣瑣《ささ》」は細かくこせこせする性質。六二「資」はたから（財）、旅行中に用いる財貨。「童僕《どうぼく》」は召使い、しもべ。九四「処《ところ》に于《お》いてす」とは、「于」は助辞。「処」は旅して一時的にその所に止まること。安んじて居る「やど」ではない。六五「雉《きじ》を射《い》る」

とは、雉は文明（文彩の鮮やかな）の鳥で離の象である。[上九]「易《えき》」は場《えき》で、疆場・境の意。

（57）巽《そん》 ䷸ 巽下巽上 （巽為風《そんいふう》）

[本文] 巽《そん》は少《すこ》しく亨《とお》る。往《ゆ》く攸有《ところあ》るに利《よろ》し。大人《たいじん》を見《み》るに利《よろ》し。

初六《しょりく》、進《すす》み退《しりぞ》く。武人《ぶじん》の貞《ただ》しきに利《よろ》し。

九二《きゅうじ》、巽《い》りて牀《しょう》の下《した》に在《あ》り。史巫《しふ》を用《もち》うること紛若《ふんじゃく》たり。吉《きつ》にして咎无《とがな》し。

九三《きゅうさん》、頻《しき》りに巽《い》る。吝《りん》なり。

六四《りくし》、悔《く》い亡《ほろ》ぶ。田《かり》して三品《さんぴん》を獲《え》たり。

九五《きゅうご》、貞《ただ》しければ吉《きつ》。悔《く》い亡《ほろ》び、利《よろ》しからざるは无《な》し。初《はじ》め无《な》くして終《おわ》り有《あ》り。庚《こう》に先《さき》だつこと三日《みっか》、庚《こう》に後《おく》るること三日《みっか》にして、吉《きつ》。

上九《しょうきゅう》、巽《い》りて牀《しょう》の下《した》に在《あ》り、其《そ》の資斧《しふ》を喪《うしな》う。貞《ただ》しけれども凶《きょう》。

[解釈] 「巽」（小成卦）は一陰二陽の陰卦で、一陰が二陽の下に伏在しよくこれに親比し順従することを示す。その卦象は「風」で、風がどんな所や物にも吹き入るので、又「入」をその卦徳と

する。そこで、よく順従する「陰」（小）を主として、物事は少しは思い通りになるとの占である（小亨）。従って「陰」が上り進んで「陽」に順従すべく往くによろしいとの占である（利レ有レ攸レ往）。然し必ず進んで順従すべきところを知り、陽剛中正の徳ある「大人」（九五）に従うべしとする占である（利レ見二大人一）。「巽」（大成卦）に於ては九五（大人）が主卦の主（卦主）、これに順従する六四が成卦の主で、この一陰を主として説いている。

初六は陰柔不正で卦の最下に居り、卑順に過ぎる。一陰二陽の卦としてはその一陰が主となるが、重巽の卦に於ては六四が成卦の主となり、初六は卑巽に過ぎてこれに当たらない。そこで進んで陽剛に従わんとするが、又退いて最下に安んぜんとし、逡巡して決断できない象である。もし進んで武人（九二）の剛強貞正なるを得てその志を矯正すれば、よくそのよろしきを得るの占である。

九二は陽爻陰位、位不正で上に正応もなく、下体の「中」（剛中）に在りその卑巽に安んじない意を示す。そこで九二（牀）は、その卑巽の地に安んぜず、剛中の徳を以て下の初六（牀の下）に入り、これと親比して謙巽を得るに至るの象である。それは「史」（神主）と「巫」（巫女）をたびたび用いて神霊に祈請し、誠を尽くすのである。「吉」にして何の咎もないとの吉占である。

九三は過剛不中で、下体の上、上下進退の間に居る。そこで、しばしば上って六四に入り巽順するが、又すぐ下って巽順しないという象を示す。それは巽順の道を失したもので、当然、羞吝を招くことになるとの占である。

六四は陰柔無応、承乗皆剛で上体の下、多懼の地にある。然し柔正を得て重巽の成卦の主となり、巽順の主を以てよく上下の二剛に順従するので、陰柔無応の悔いも消滅して「悔い亡ぶ」の占を得る。四時の狩りに於て上中下の「三事」（乾豆・賓客・充庖）に供する獲物を得るの象である。

九五は剛中正の尊位に居り命令を出すの主であるが、巽順を旨とする巽卦にあっては、過剛无応であり悔い有る爻である。然し九五はその中正の徳を守って貞正であるので「吉」の占である。貞吉であるから、その過剛无応による悔いも自然に消滅して、諸事よろしからざることはない（悔亡、无レ不レ利）との占。事の初めはまだ善ではなく悔いもあるが、これを改めてその終りには善となり悔いもなくなる（无レ初有レ終）との占。命令を改変するに当たっては、庚に先だつ三日めの「丁」（丁寧）の日と、庚に後れる三日めの「癸」（揆度）の日がよいので、その日に因《ちな》んで丁寧に反復して伝達し、その後のことについてよく揆《き》度《たく》（はかりはかる）するようにすれば、吉であるとの占である。

上九は陽剛を以て巽順を旨とする陰卦巽の極に在り、「応」も「比」もなく位の正を失って行き詰まった象を示す。重巽は上下両牀であるので、上九は上牀の「下」（六四）に入り、これと共に九五（卦主）に順い容れられんことを求めるの象（巽在二牀下一）である。然し「陰柔」（六四）を用いることにより上九も九五も共にその陽剛の徳を失うことになる。それは鋭利な斧を失うの象（喪二其資斧一）である。これは陽剛の持つ決断力を喪失することを意味する。当然、いかに貞正であろうとしても「凶」の占（貞凶）である。

背景　「巽」は順う・善く入る・謙遜。九二 巽の象は「木」（説卦伝）で、一陰が二陽の下にある卦形で、木製の「牀」の象。九二は牀、初六は牀の下を指す。「史」は神主で卜筮を掌《つかさど》る。「紛若《ふんじゃく》」は盛多のさま。六四「三品《さんぴん》」は、品は等級の意。狩りで得た獲物は、矢のあたる部位をもって上殺・中殺・下殺の三つのランクに分ける。上殺は乾豆《かんとう》（心臓に命中し速殺よりも遅く死ぬ）、中殺は賓客《ひんきゃく》（股や腰骨に当たり、上殺よりも遅く死ぬ）、下殺は充庖《じゅうほう》（腸に当たり、最も遅く死ぬ。よごれてきたない）の三事をいう。

(58) 兌《だ》 ䷹ 兌㆑下兌㆑上（兌為沢《だいたく》）

本文　兌《だ》は、亨《とお》る。貞《ただ》しきに利《よろ》し。
初九《しょきゅう》、和《わ》して兌《よろこ》ぶ。吉《きつ》。
九二《きゅうじ》、孚《まこと》ありて兌《よろこ》ぶ。吉《きつ》にして、悔《く》い亡《ほろ》ぶ。
六三《りくさん》、来《きた》して兌《よろこ》ぶ。凶《きょう》。

九四《きゅうし》、商《はか》りて兌《よろこ》び未《いま》だ寧《やす》からず。介《かた》くして疾《にく》めば喜《よろこ》び有《あ》り。
九五《きゅうご》、剝《はく》に孚《まこと》あれば、厲《あやう》きこと有《あ》り。
上六《しょうりく》、引《ひ》きて兌《よろこ》ぶ。

解釈　「兌」（説）は「巽」と同じく一陰二陽の陰卦であるが、「巽」とは異なり、その一陰が二陽の上に進み、説（悦）びが外に現れたことを示す。兌卦（重兌）の卦体は「剛は中（二・五）にして柔は外（三・上）なり」（彖伝）である。剛中の徳があるので、兌卦は諸事思い通りに亨るとの占である（兌、亨）。然し柔は外にあり、その悦びが外面的に陥り易いので、貞正なることを固く守るのがよろしいとの戒辞がある（利ㇾ貞）。

初九は陽剛正位で卦の最下に居り、上に比・応はなく陰柔に親比することのない唯一の剛爻である。そこで、最下に居るので卑順にして和説し、比・応がないので偏私するところはなく、説（悦）道の「正」を得て、「吉」の占である。

九二は陽爻陰位で位不正であるが、下体の「中」を得て剛中の徳がある。六三の陰柔と「比」の関係にあるが、これとは親比しない。そこで、剛中の徳による孚（誠）を以て人と和悦するので、その占は「吉」である。位不正の陰位に居る「悔い」も自然に消滅するに至る。

六三は陰柔で不中不正であるが、下体兌の主爻（成卦の主）であり、上に応爻もなく上下の陽爻に妄りに親比せんとする。既に下の九二は剛中の孚（誠）があり親比しない。そこで上の九四を来致して妄りに和悦する。然し分を犯す非道な妄悦であるから、当然その占は「凶」である。

九四は陽剛不正で、上は陽剛中正の九五を承け、下は陰柔不正の六三に「比」（親比）である。そこで九四は九五の中正に就くべきか、六三の柔邪に親比するかのいずれにするかを商量（計る）して、まだ決心が定まっていない。もし陽剛の故に堅く正を守って柔邪（六三）を疾み遠ざけることができれば、君に従い、正道を行なう喜びがあるのである。

九五は陽剛中正の君位に在るが、下の九二（剛中不正）は敵応であり、上の上六は陰柔兌説（悦）の主で卦の極に居り、陰陽相親比する「比」の関係にある。そこで妄悦せんとするこの上六（剝）を信じてこれと相親比すれば、君道の陽剛中正の徳を剝落されるに至り、今に必ず危険があるとの戒辞。

上六は陰柔を以て「兌」の極に居り、兌説（悦）の主（成卦の主）となって、下の九五（陽剛中正）とは陰陽親比の関係、対応の六三（陰柔不正）とは敵応の関係にある。そこで上六は下二陽（特に九五）を誘引して相共に親比し兌説の道を極めんとする。その実は九五（君主）の中正の徳を剝落するに至るのである。

背景　「兌」は説《よろこ》ぶ・喜ぶ。**九四**「商《はか》りて兌《よろこ》び」とは、九五と六三のどちらに従って喜び楽しむべきかを量るの意。「未《いま》だ寧《やす》からず」とは、まだ決心が定まらない。「介」は節操を堅くする。「疾」は悪《にく》む。柔邪《じゅうじゃ》（六三）を疾《にく》み遠ざける。九五「剝《はく》に孚《まこと》あれば」とは、己の陽剛中正の徳を剝落しようとする上六（小人）を信じ、これと親しくすればの意。「剝」は、陰が陽を剝尽《はくじん》すること。上六を指す。上六「引」は誘引する。下の二陽を誘引して相共に陰陽親比して兌（悦）の道を究めようとする。その実は九五の陽剛中正の徳を剝落しようとするにある。

（59）渙《かん》 ䷺ 坎レ下 巽レ上 （風水渙《ふうすいかん》）

本文

渙《かん》は、亨《とお》る。王《おう》、有廟《ゆうびょう》に仮《いた》る。大川《たいせん》を渉《わた》るに利《よろ》し、貞《ただ》しきに利《よろ》し。

初六《しょりく》、用《もっ》て拯《すく》うに馬壮《うまさか》んなれば、吉《きつ》。

九二《きゅうじ》、渙《かん》するとき其《そ》の机《き》に奔《はし》る。悔《く》い亡《ほろ》ぶ。

六三《りくさん》、其《そ》の躬《み》を渙《かん》す。悔《く》い无《な》し。

六四《りくし》、其《そ》の羣《むれ》を渙《かん》す、元《おお》いに吉《きつ》。渙《かん》して丘《あつ》まること有《あ》り、夷《つね》の思《おも》う所《ところ》には匪《あら》ず。

九五《きゅうご》、渙《かん》するとき其《そ》の大号《たいごう》を汗《あせ》にす。渙《かん》して王居《おうお》れば、咎无《とがな》し。

上九《しょうきゅう》、其《そ》の血《いたみ》を渙《かん》し、去《さ》りて逖《とお》く出《い》ず。咎无《とがな》し。

解釈 「渙」は「散」（散ずる）の義、険難を渙散するの意であるが、又よくその渙散を萃聚（集合）するの意を含む。それ故に「渙」には、諸事よく思い通りに亨通するの道がある。王者（九五）が神聖な祖廟に至り、誠散を尽くして渙散せる祖霊を萃聚すべく祭れば、祖霊もこれに感じて至るのが、それである。元来「渙」（風水）は、上「木」（巽）・下「水」（坎）の卦象で、舟楫（巽象）の利器を以て大川（坎象）の険難を散じて渉るによろしであり、貞正を固守するによろしとの占である。

初六は渙の初め渙散の始まりに当たり、その渙散を救うことは比較的容易であるが、陰柔不正でその才に乏しい。上に応もないが幸いに九二を承けているので、これに順従し陰陽親比して救わんとするのである。速やかに強壮な馬（九二）を得て以て渙散を救えば吉との占である。

九二は下卦坎険の主爻（成卦の主）であるが、剛中不正で無応である。幸いに下の初六と陰陽相親比するので、共に険難を渙散するの事に当たることができる。そこで、険難を渙散すべき時、その主たるべき者として、速やかに「脇息」（初六）に走り寄って共にその事に当たるの象である。そうすれば、剛中不正で険中にある悔いも、また消滅するとの占である。

六三は陰柔陽位、不中不正で坎険の極に居るが、諸爻中、この爻のみが外に応爻がある。そこで、六三としては内の九二とは親比せず、外の上九に応じて、その応援を得て己の身の険難を渙散せんとするの象がある。それ故に何の悔いもないとの占である。

六四は外渙（巽順）に入り、陰柔正位を以て上の九五（君）を承けて、これに陰陽相親比し巽順する。そこで渙する（渙散し萃聚する）時に当たり、君臣、力を合わせて、その小群（小人の私群）を渙散して、大群（天下の公群）を萃聚せしめるの象があり、大善の吉であるとの占である。その渙（渙散・萃聚）して、うずたかく聚まることは、常人の思い及ぶところではないのである。

九五は陽剛中正で王者の尊位（五）に居り、渙卦の主（卦主）であるが、下には応爻はなく、己を承ける陰柔正位の六四があるので、これと力を合わせることができる。そこで、天下渙散するの時に当たり、君臣、力を合わせてそれを救うべく、汗の四体を潤すように王者（九五）として救済の大いなる号令を発して、善く民心を潤し天下に行きわたるようにする。天下の渙散をよく救済して、王者としての正位（九五）に居れば、何の咎もないとの占である。

上九は陽剛不正を以て渙卦の極に居り、下卦坎（険陥）の六三が応爻を以て己を傷害せんとしている。そこで、己を傷害せんとする六三（血）を渙散して、それから去って遠くその外に出るとの象である。よく去って遠ざかるので、何の咎もないとの占である。

背景 「渙」は散ずる・解散。風（巽）が水（坎）の上を吹いて、水が飛び散る象。巽の風が坎の艱難を解き散らす象があり、またよくその渙散を集合するの意を含む。初六「馬」は下卦坎の象で九二を指す。九二「机」（初六）は几《ひじかけ》（脇息）。六三「其《そ》の躬《み》」は、わが身の険難。六四 九五（君位）を承けて陰陽相親比し、君臣、力を合わせて渙散を救済する任に当たる。下に応爻がないのは、よくその小群（私党）を渙散するの象。「夷」は常《つね》・常人《じょうじん》。上九「血」は傷み。六三（応爻）が坎体の陰血の象で、己を傷害しようとするもの。「出」は六三の傷害の外に出る意。

(60) 節《せつ》 ䷻ 兌下坎上（水沢節《すいたくせつ》）

本文

節《せつ》は、亨《とお》る。節《せつ》に苦《くる》しみて貞《ただ》しとす可《べ》からず。

初九《しょきゅう》、戸庭《こてい》を出《い》でず。咎《とが》无《な》し。

九二《きゅうじ》、門庭《もんてい》を出《い》でず。凶《きょう》。

六三《りくさん》、節若《せつじゃく》たらざれば、則《すなわ》ち嗟《さ》若《じゃく》たり。咎《とが》むること无《な》し。

六四《りくし》、節《せつ》に安《やす》んず。亨《とお》る。

九五《きゅうご》、節《せつ》に甘《あま》んず。吉《きつ》。往《ゆ》けば尚《たっと》ばるること有《あ》り。

上六《じょうりく》、節《せつ》に苦《くる》しむ。貞《ただ》しとすれば凶《きょう》。悔《く》ゆれば亡《ほろ》ぶ。

解釈

「節」はその限度に止まるの義であるので、物ごとは自然に思い通りになる。然し限界を過ぎるまでその限度を固守するに苦しんで、それを貞正であるとしてはならないとの戒辞。

　初九は卦の最下に居り上に六四の正応があっても九二に隔てられている。そこで卦の初めに居り、閉塞して通じない時に当たるので、節止の戒めをよく守り、戸内の庭を一歩も出ようとはしない。何の咎めもないとの占。

　九二は陽剛不正で下体の「中」には居るが、上体の九五（剛中正）とは敵応である。敵応であっても時通ずれば往くべきであり、同徳相助けることである。然るに九二は今や時通じて門外に出るべき時であるのに、門内の庭を一歩も出ようとはしない。その時宜を失するもので、当然、凶の占である。

　六三は陰柔不中正で下体の上に居りその主爻であるが、上体の坎険を目前に臨むの危地にある。そこで六三としては、よく節度を守って義に従わなければ、深く傷み嘆くことになる。その結果は自ら招いたことであるから、咎めを他に帰することはできないとの占。

　六四は陰柔正位で九五（剛中正）を承けて順従すると共に、上体坎水の下に入り水の下流することを示す。そこで六四は柔正を以て上（九五）に順従して改めることがなく、よく節道の中正を得て安んじ居るの象。従って諸事自然に思い通りになるとの占である。

　九五は剛中正で尊位に居り、中正を以て卦の主となる。そこで九五は「節」の主としての中正の道を行ない甘んじて節度を守るので、万民も楽しんでこれに従うのである。当然、吉の占である。

上六は「節」の極に居り、既にその「中」を過ぎている。そこで上六は「節」の極にあって既にその「中」を過ぎているのに、あくまでも「節」の中道を固守せんとして苦しむ。その固守するに苦しむを貞正であるとすれば「凶」の占である。その貞正であるとすることを悔い改めて「中」に従えば、その凶も消失するとの占。

背景　「節」は竹のふし。転じて止めるの意。一節ずつ限界が明確であるので、節制・節度などの意味を表す。卦辞「節に苦しむ」とは、節制が度を過ぎ、窮屈でつらい。初九「戸庭《こてい》」は戸外の庭、内庭。古の室の制は堂内を室《しつ》といい、室の西南隅を奥《おく》といった。室の東南に一扉を設けて出入する。これを戸《と》という。戸外を堂《どう》といい、堂下階前の庭を庭《てい》といった。外に双扉を設けてこれを門《もん》という。九二「門庭」は戸庭（初九）より外にある外庭《がいてい》。六三「節若《せつじゃく》」は節度を守るさま。「嗟若《さじゃく》」は深く傷み嘆くさま。九五「甘」は五味（鹹《しおからい》・苦・酸・辛・甘）の中味。ほかは味の「偏」。

（61）中孚《ちゅうふ》　䷼　兌レ下 巽レ上　（風沢中孚《ふうたくちゅうふ》）

本文　中孚《ちゅうふ》なれば、豚魚《とんぎょ》にまで吉《きつ》。大川《たいせん》を渉《わた》るに利《よろ》し。貞《ただ》しきに利《よろ》し。

初九《しょきゅう》、虞《はか》れば吉《きつ》。它有《たあ》れば燕《やす》からず。
九二《きゅうじ》、鳴鶴陰《めいかくいん》に在《あ》り、其《そ》の子《こ》之《これ》に和《わ》す。我《われ》に好爵《こうしゃく》有《あ》り、吾《われ》、爾《なんじ》と之《これ》を靡《とも》にせん。
六三《りくさん》、敵《てき》を得《え》たり。或《ある》いは鼓《こ》し或《ある》いは罷《や》め、或《ある》いは泣《な》き或《ある》いは歌《うた》う。
六四《りくし》、月《つき》、望《ぼう》に幾《ちか》し。馬《うま》の匹亡《たぐいうしな》う、咎无《とがな》し。
九五《きゅうご》、孚有《まことあ》りて攣如《れんじょ》たり、咎无《とがな》し。
上九《しょうきゅう》、翰音《かんおん》、天《てん》に登《のぼ》る。貞《ただ》しけれども凶《きょう》。

解釈　心中に孚信があれば、その信《まこと》は微賤で鈍感無知な豚《いのこ》や魚にまで及び、これらを感応させるに至るのであるとの占。「中孚」は内虚（二陰）・外実（四陽）、「沢」（下兌）の上に「木」（上巽）のある象で、舟楫（舟とかい）の便があり、これによって険難の多い大川を渉り切ることができる。そして「中孚」であるには、貞正であることを固く守るのがよろしい。

初九は卦の初めその最下に居り、陽剛正位で上に正応（六四）がある。そこで己の立場をよく規《はかり》度《はかる》して、孚誠を固守して妄動しなければ、吉である。もし正応以外の它（他爻）に心を動かせば安息するところを失うことになる。

九二は陽爻陰位で位不正であるが、下体「兌」の「中」を得て剛中であるので「中孚の実（陽）あるもの」とされる。そこで鶴鳴き子和し、好爵（剛得中）を共にするの象を示す。鶴は沢（兌）

の鳥であり、秋（兌）に感じて幽隠の所（在レ陰）で鳴く。すると同体にあるその子鶴（六三）も陰陽相親比してこれに和して鳴くのである。我（九二）に中実の徳（好爵）があるので、これを爾（六三）にも分かち共にしようとの象である。

六三は陰柔不中で位不正の陽位に居り、上進して六四に比し上九に応ぜんとして妄動する。これに対し六四は陰柔不中であるが位正の陰位に居り、九五を承けて陰陽相親比して少しも妄動せず、初九には全く応ぜず、六三を絶去する。この両陰は相並ぶが「敵比」である。そこで六三は上進せんとして妄動するが、これを遮り立ち塞がる六四（敵）が出来てしまった。進軍の太鼓を打ち鳴らして上進せんとすれば、直ちに六四に遮られては中止して退き、逆襲を恐れては泣き悲しみ、逆襲して来ないことが分かると喜び歌うという有様で、進退常なく心中定まらない象を示す。

六四は陰柔であるが位正の近君の位に居り、中実の君（九五）を承けて陰陽相親比し巽順する。下に六三の敵比があり上進して来るがこれを絶去して、自分の立場を固守する象を採る。そこで、月が望（満月）に近いと言い、六四（月・陰）が九五（望・君）に近侍するの象とする。そして又、相並ぶ匹馬の一を絶去すると言い、六四が匹馬の一（六三）を絶去するの象とする。匹馬の一を絶去するはもと「咎有り」の占であるが、それは六四が上って中実の君（九五）に承順せんがためであるので、「咎无し」の占である。

九五は陽剛中正で尊位に居り、中孚の主である。近比する六四と互いに孚誠を以て相連繫する象を示し、その連繋を絶えることなく固守するので咎无しの占を得るのである。

上九は陽剛で不中不正、中孚の窮極に居りてなお上進せんとして止まず、変を知らざるものである。そこで上九は、鶏の空高く飛ばんとする羽音（翰音）が天に登るが如く聞こえるが、その実、鶏（上九）は天に登れる鳴鶴（九二）の如き物ではないとの象である。いかに中孚を守るに貞正ならんことを期しても、その占は凶である。

背景 「中孚」は、中は心の中、孚は信。初九「虞」ははかる。六四（正応）と己の立場をよくはかること。九二「陰に在る」とは、幽隠《ゆういん》の地にある。「其の子」はひなの鶴、六三を指す。「我」は九二（鳴鶴）を指す。「好爵」は立派な杯、中実の徳。「靡」は共にする。六四 望（満月）は九五。九五に近侍する象。九五「攣如《れんじょ》」は、攣は係《かか》る、六四に固く結ばれているさま。上九「翰音《かんおん》」は鶏のこと。鶏は巽の象。翰は羽。空高く飛ぶ羽音の形容で、その実の伴わないことを言う。

(62) 小過《しょうか》 ䷽ 艮下震上 (雷山小過《らいさんしょうか》)

本文 小過《しょうか》は、亨《とお》る。貞《ただ》しきに利《よろ》し。小事《しょうじ》に可《か》なるも、大事《だいじ》には可《か》ならず。飛鳥《ひちょう》之《これ》が音《おん》を遺《のこ》す。上《のぼ》るには宜《よろ》しからず、下《くだ》るに宜《よろ》し。吉《きつ》。

初六《しょりく》、飛鳥《ひちょう》なり、以《もっ》て凶《きょう》。

六二《りくじ》、其《そ》の祖《そ》を過《す》ぎて、其《そ》の妣《ひ》に遇《あ》う。其《そ》の君《きみ》に及《およ》ばずして、其《そ》の臣《しん》に遇《あ》う。咎无《とがな》し。

九三《きゅうさん》、過《す》ぎずして之《これ》を防《ふせ》ぐ。従《したが》えば或《あるい》は之《これ》に戕《そこな》わる。凶《きょう》。

九四《きゅうし》、咎无《とがな》し。過《す》ぎずして之《これ》に遇《あ》う。往《ゆ》けば厲《あやう》し、必《かなら》ず戒《いまし》めよ。永貞《えいてい》に用《もち》うること勿《なか》れ。

六五《りくご》、密雲《みつうん》なれども雨《あめ》ふらず、我《わ》が西郊《せいこう》自《よ》りす。公弋《こうよく》して彼《か》の穴《あな》に在《あ》るを取《と》る。

上六《じょうりく》、遇《あ》わずして之《これ》を過《す》ぐ。飛鳥《ひちょう》之《これ》に離《かか》る、凶《きょう》。是《これ》を災眚《さいせい》と謂《い》う。

解釈　「小過」は四陰二陽で「小」(陰)が「大」(陽)を少しく越え過ぎている卦である。ものごとには「中」(常度)を少しく、越え過ぎねばならぬ時があり、越え過ぎるのは「中」を得んがためである。そこで「小過」には自ずからにして諸事よく思い通りに亨るの道がある。然しそれには必ず固く貞正であることを守るのがよい。「小過」の義は「小事」(日用常行のこと)に施すべきで、「大事」(天下国家に関すること)には施すべきではない。二・五が「小」(陰)で「中」を得ているが、三・四は「大」(陽)で「中」を得ていないからである。「小過」には飛鳥が既に飛び過ぎて、ただその鳴き声を残し止めている「遺音」の象がある。その遺音が耳に残っているのは、その飛び過ぎることがまだ遠くはなく近くにあり、上には上らず下に下っていることを示している。陰は下り陽は上るものであるが、「小過」はその陰が陽に少しく過ぎているから、上に上るには宜しくなく、下に下るに宜しい時である。その占は「吉」である。

初六は陰柔不正で下卦艮（止）の最下にあり、静止して居るべきであるが、上卦震（動）の九四（正応）に上り往かんとして躁動する。それは速やかに飛ぶ「飛鳥」の象を示している。然し「小過」の上る宜しくない時であるので、速やかな飛鳥を以てしては、当然、「凶」の占である。

六二は柔順中正で上の六五（応位）とは同じく陰柔で相応ぜず、「比」（陰陽相比す）の関係にある九三に親比するに至る。六二が柔順中正を以て上進すれば、その「祖」（九四）を過ぎてその「妣」（六五）に出遇う。然しその「君」（六五）は六二にとっては敵応であるから遇うことができない。そこで退いて「比」の関係にあるその「臣」（九三）に遇いこれに親比する。当然、咎无しの占を得る。

九三は陽剛位正で下卦艮（止）の主爻であり、上に正応の上六がある。「小過」の「小」（陰）が「大」（陽）を過ぎている時に当たって、上六（陰）の強引な求めを防ぐのである。艮（止）の主爻（九三）としては、動かず止まって防ぐべきで、上り往き従うべきではない。若しその求めに従って往けば、それ（正応）以外の者（六五）に戕害されることになり、「凶」の占である。

九四は陽剛で陰位に居り、過剛（九三）の憂いはないので、「小過」の時にはむしろ「无㆑咎」の占を得る。九四は初六（応）の強力な求めに対して、力及ばず（弗㆑過）、下ってこれに遇い応合する。

もし上り往き六五（比）に従い親比せんとすれば、初六（応）に戕害されて甚だ危いから、くれぐれも戒めねばならぬ。然し、いつまでも初六（応）に対する貞正に固執してはならない（勿レ用二永貞一）。時至れば初六（応）を去って上り六五（比）に往くも妨げなく、万事、時のよろしきに随うべきである。

六五は陰柔不正であるが「中」を得て君位に居るので、小事に可なる（小過）の時に於て「公」の象とされる。陽気が陰気に抑止され鬱結して密雲をなしているが、まだ雨が降るには至っていない（密雲不レ雨）。それは我（六五）が西郊の陽気（二陽）が上下の陰気（二陰）によって抑止されているからである（自二我西郊一）。「公」（六五）は「いぐるみ」で射て、彼の上下二陰の穴の中に在る「二陽」を取り、招致して「公」を輔佐せしめんとするのである。

上六は陰柔を以て卦の極に居り、止まらず上らんとするので、初六と同じく「飛鳥」の象とされる。下って九三（応）に遇わず、これを過ぎて止まらず上って卦の窮極に至る（弗レ遇過レ之）。それは、「上るに宜しからず、下るに宜し」の「小過」の時に、上るばかりで下るを知らぬ「飛鳥」（上六）が、必ず「いぐるみ」に罹る（飛鳥離レ之）ようなもので、「凶」の占である。これを天災（災）と人災（眚）が参会（まじり集まる）するという（是謂二災眚一）。

背景 「小過」は少しく度を過ぎること。六二「祖」は祖父、九四を指す。「妣」は曽祖母、六五を指す。地位の低い臣下（六二）が直接天子（六五）に会うのは行き過ぎた行為になるため、大臣（九三）の仲介によって上奏する。九三「従」は上六の強引な求めに往き従うの意。「戕」は害《そこな》う、六五に害われるの意。六五「公」（六五）の天子はいぐるみ（糸を結びつけた矢で飛ぶ鳥を射て取るもの）で射て、上下二陰の穴の中に在る二陽（九三・九四）の賢人を求めて、自分（公）の補佐にしようとする。

（63）既済《きせい》 ䷾ 離下坎上（水火既済《すいかきせい》）

本文

既済《きせい》は、亨《とお》ること小《しょう》なるなり。貞《ただ》しきに利《よろ》し。初《はじ》めは吉《きつ》にして、終《おわ》りには乱《みだ》る。

初九《しょきゅう》、其《そ》の輪《りん》を曳《ひ》き、其《そ》の尾《を》を濡《ぬ》らす。咎无《とがな》し。

六二《りくじ》、婦《ふ》、其《そ》の茀《ふつ》を喪《うしな》う。逐《お》うこと勿《なか》れ、七日《なぬか》にして得《え》ん。

九三《きゅうさん》、高宗《こうそう》、鬼方《きほう》を伐《う》ち、三年《さんねん》にして之《これ》に克《か》つ。小人《しょうじん》は用《もち》うる勿《なか》れ。

六四《りくし》、繻《ぬ》るるに衣袽《いじょ》有《あ》り。終日《しゅうじつ》戒《いまし》む。

九五《きゅうご》、東鄰《とうりん》の牛《うし》を殺《ころ》すは、西鄰《せいりん》の禴祭《やくさい》するに如《し》かず。実《まこと》にして其《そ》の福《さいわい》を受《う》く。

上六《しょうりく》、其《そ》の首《こうべ》を濡《ぬ》らす。厲《あやう》し。

解釈　「既済」は、三剛三柔が皆位正しく上下相応じているが、又、三柔が三剛に皆「乗」である。「既」は「すでに」(已)の義、「済」は「わたる」(渡)・「すくう」(救)・「なる」(成)などの諸義。下体の柔中の六二を主爻とする。「既済」が思い通りによく亨るのは、「小」(陰)なることの「小事」のみである(亨小)。六爻皆位に当たるが、六二(柔中)もまた陽剛に「乗」じているので、貞正さを固く守るのがよろしい(利レ貞)。初めは離明の「中」(六二)にあるので憂患を未然に防ぎ「吉」であるが(初吉)、終りには坎険に陥り止まって動かなければ、困窮して乱れることになるのである(終乱)。

初九は陽剛正位で下卦「離」(火)の初めに居り、上卦「坎」(水)の六四に正応がある。従ってこれに進み往かんとする志の鋭いことを示す。然しその前にある車輿(こし・くるま)の「輪」(六四)を前に進まないように曳き戻す象であり(曳二其輪一)、又、川を渡らんとする小狐が掲げた後ろの尾を水に濡らしてしまった象である(濡二其尾一)。共に川を渡り得ない象であり、既済の初めに当たり、かくの如く慎重な態度で行動するので当然、咎无しの占である。

六二は陰柔中正で下卦離の主爻であり、上に陽剛中正の正応(九五)があるので、これに往き応ぜんとすれば上の二爻(九三・六四)に止められてその志を行うことができない象を示す。それは「婦」(六二)が車で往くに是非必要な「茀」(婦車の蔽い)を失くした象である(婦喪二其茀一)。失ったその「茀」を急いで追い求める必要はない。七日も経てば、時変じて自然に返ってくるから(そして外出することができる)。

九三は陽剛陽位の位正を以て下体離明の終りに居り、上体坎険の極上六に応じ険難を犯して往かんとする。それは殷室中興の聖王「高宗」(武丁)が遠方「鬼方の西戎」を征伐して、三年にして漸く克つの象とされる。初めから小人をかかる大事の際に用いてはならない。

六四は陰柔位正で以て下体離明を出て上体坎険に入り、多懼の地(四位)を履む。既済も「中」を過ぎ、済(渡)るの道も革らんとする時に当たる。それは細心周密で、舟の水漏りにその隙間を塞ぐぼろ切れの用意があるとの象である。従って終日、戒め備える戒辞がある。

九五は陽剛中正で妄りに動かず、よくその実中の徳を脩めるもので、上卦坎険の主爻をなす。それ故に次の如き仮設の象を採る。東鄰の者が徳を脩めずして「殺牛」(盛祭)を行なうのは、我が西鄰の者(九五)がよく徳を脩めて「禴祭」(薄祭)を行なうのには及ばない象である。その「禴祭」(春祭)は誠実の籠った薄祭で時宜に適ったものであることを神明が嘉納して、これに福慶を授けてくれるのである。

上六は陰柔を以て卦の極、坎険の最上に居り、不安な危地に在る。下に九三の応爻があるが、それも互体「坎」の中爻に当たるのでこれに応を求めれば坎険の中に陥る。そこで、小狐が水を済り岸に及ばんとして、その首(頭)を水中に没して濡らすの象を示す。溺死するには至らないまでも、危厲の限りであるとの占。

背景　「既済」は、上水（坎）・下火（離）で、水が火の上に在る。水は潤下するもの、火は炎上するもの。水と火が相交わることによって烹飪《ほうじん》（煮炊き）などの働きを示す卦象である。［六四］「繻」はぬれる。舟の底の隙間から水が漏れて舟がぬれる。「衣袽《いじょ》」は、綿のことでぼろぎれ。［九五］「東鄰」は、商（殷）をいう。「西鄰」は周を指す（九五）。「牛を殺す」は、三牲（牛・羊・豕）の一つの牛を殺し、飪熟して供えることから、豪華なお祭りを意味する。

（64）未済《びせい》 ☲☵ 離上坎下 （火水未済《かすいびせい》）

本文　未済《びせい》は、亨《とお》る。小狐《しょうこ》汔《ほと》んど済《わた》らんとして、其《そ》の尾《お》を濡《ぬ》らす。利《よろ》しき攸无《ところな》し。

初六《しょりく》、其《そ》の尾《お》を濡《ぬ》らす。吝《りん》。

九二《きゅうじ》、其《そ》の輪《りん》を曳《ひ》く。貞《ただ》しくして吉《きつ》。

六三《りくさん》、未《いま》だ済《な》らず、征《ゆ》けば凶《きょう》。大川《たいせん》を渉《わた》るに利《よろ》し。

九四《きゅうし》、貞《ただ》しければ吉《きつ》にして、悔《く》い亡《ほろ》ぶ。震《ふる》いて用《もっ》て鬼方《きほう》を伐《う》ち、三年《さんねん》にして大国《たいこく》に賞《しょう》せらるること有《あ》り。

六五《りくご》、貞《ただ》しくして吉《きつ》、悔《く》い无《な》し。君子《くんし》の光《ひかり》あり、孚有《まことあ》りて吉《きつ》。

上九《しょうきゅう》、孚有《まことあ》り于《ここ》に酒《さけ》を飲《の》む、咎无《とがな》し。其《そ》の首《こうべ》を濡《ぬ》らすときは、孚有《まことあ》れども是《ぜ》を失《うしな》う。

解釈　「未済」は坎下離上の卦、その卦象は「火」（上象）が「水」（下象）の上に在り、両者相交わらざるの象を示す。未済の義は事未だ成らずであり、他日には必ず成るも今は未だ成らずの意である。「未済の亨る」は、柔得中の六五の中道を過ぎて為すことなきに基づく。未済の卦は「狐」の象を示し、上体はその「首」（頭）、下体はその「尾」に象る。一卦の主象を「小狐」（六五）となし、坎水の険を渡るに汔んど渡り、その「首」は向こう岸（上九）に達せんとしているが、その「尾」（六三）は未だ坎水（互坎）の内に在って濡らす、かくては渡る事は未だ終らず、事未だ成らずの象である。従って何事につけてもよろしいことはないとの占である。

初六は陰柔不正で下卦坎険の初めに居り、上の陽剛の九四（位不正）に「応」がありこれに応じ往かんとする志がある。そこでこれに応じ往かんとすれば、水を済（渡）る小狐がその首（頭）を濡らす（既済上六）に止どまらず、掲げて済るその尾まで濡らすことになるとの象である。そのまま往けば身を溺れさせるので、羞吝を招く結果となるとの占である。

九二（剛中）は陽剛不正であるが、下卦坎険の「中」に居り、その主爻をなし、又、上の柔中の六五（卦主）に「応」があり、これに進み往かんとする志がある。そこで前輿の車輪を牽き戻し妄進せしめないとの自らを抑止するの「象」がある。よく自らを抑止して貞正であるので、「吉」の占である。

六三は陰柔不中不正で下卦坎険の極、上下の交（際）に居り、上の上九に「応爻」があり坎険より速く脱出せんとする志がある。未だ済らざるの時に当たっているので、躁進して独往すれば「凶」の占である。然し六三としては独往することなく、その「乗」（九二）と「承」（九四）の二剛に親比して共に進み、柔中の六五（卦主）を主とし、その「承」の上九（成卦の主）とに応じ往くことが「大川を渉るに利し」の道である。

九四は陽剛不中不正で、既に下卦の坎険を脱出して上卦の離明に入り、六五（天子）とは「乗」を以て親比しこれを輔佐する責任があり、又下の初六に「応爻」がある。そこで、貞正であることを固守すれば「吉」であり、従って不中不正による「悔い」も消亡するとの占である。それは、九四がその陽剛を以て震発し、威怒して、「鬼方」（遠夷）の初六（応爻）を討伐してこれを順従せしめるものであり、それには九四より初六に至るに三爻を経るので「三年」の久しきを要する。然る後に、その功成り、「大国」（天子の国）の六五（天子）によって然るべき論功行賞が行なわれるとの象である。

六五（卦主）は柔中の徳を以て尊位（五）に居り、下には九二（応）と九四（乗）があり、上には上九（承）があり、これらの「衆陽」（賢者）と相親比して険難を救済するに大きな助けを得る。六五（柔中）は当然、貞正の道を固守しているので「吉」の占であり、もとより何の悔咎もない。六五（卦主）は賢者の「陽剛の君子」（衆陽）に相親比して、それらの助けを得るので六五には光華があり、相互いに孚誠を尽くすので、「吉」の占である。

上九は剛明を以て未済の極、无位の地に居り、まさに既済に入らんとする時に当たるが、下には乗爻六五（君）と応爻六三（坎水）とがある。上九は乗爻六五（君）に孚（信）を尽くし、近くして相親しみ、酒を飲んで君臣共に宴楽するのである。何の咎もないとの占。然し又他方で応爻六三（坎水）に下り応ずるが如きことをすれば、あたかも小狐が水を渉り終りにその首（頭）を濡らす象となり、いかに孚（信）を尽くしても、六五（君）に対する節義を失うことになる。

背景 「未済」は、事の未だ成就しないこと。未完成。事がひとたび成就すれば（既済）、変じて窮まらないの義。九二 「其《そ》の輪《わ》を曳《ひ》く」とは、九二がその前にある輿《くるま》の車輪を曳《ひ》き戻して妄進《ぼうしん》しないように抑止する象。「輪」は、坎（六三・九四・六五）の象。六五 「光」は六五（文明の主）の光。「君子の光」とは、文明の主。六五が「衆陽」（賢者）と親比し、これらの助けを得た「光」があるとのこと。上九 「于」は「ここに」の意。

あとがき

中国文化が日本に与えた影響ははかりしれない。漢字の伝来とともに日本にもたらされた漢籍の数々は、その後の日本知識人の中心的な学問となり、いつか日本の伝統文化の土台に根を下ろした。今では中国文化と意識されないで、漢語・故事成語・格言・ことわざなどが、日本の言語生活を形造っている。

小社では、この中国四千年の思想・歴史・文芸の完訳を志し、「新釈漢文大系」（全一二〇巻・別巻一）を既に世に送り出している。ポピュラーでありながら漢文学の最先端の研究情報をも盛り込んだものとして人々に広く迎えられている。

この「新書漢文大系」シリーズは、「新釈漢文大系」をよりわかりやすく、コンパクトな形に編集し、漢文にあまりなじみのない読者の方々にも、中国の広大な知恵の集積を十分に味読してもらいたいと考え、企画したものである。総読み仮名の付いた書き下し文と通釈（解釈）を対応させ、その背景などについても懇切な説明を加え、どこの部分から読み始めても興味が持てるよう配慮している。

平易であっても内容の深いこのシリーズを存分に活用され、人類の知恵の宝庫を現代生活の中に広く取り入れていただきたいと願うものである。

令和元年八月

明治書院　編集部

新書漢文大系《しんしょかんぶんたいけいしじゅう》40

易《えき》経《きょう》

令和元年9月10日　初版発行

著　者　今井宇三郎《いまいうさぶろう》
編　者　辛《しん》　賢《ひょん》
発行者　株式会社明治書院
代表者　三樹　蘭
印刷者　亜細亜印刷株式会社
代表者　藤森英夫
製本者　亜細亜印刷株式会社
代表者　藤森英夫

■

発行所　株式会社　明治書院
東京都新宿区大久保1-1-7
郵便番号　169-0072
電話　東京(03)5292-0117(代)
振替口座　00130-7-4991

ISBN978-4-625-66431-1
カバー装丁　市村繁和（i-media）